희망의 빛을 비추는 색

"불 꺼진 방, 침대맡에 가만히 책을 놓아주기를.
작지만 단단한 희망이 당신을 비추고 있을 테니."

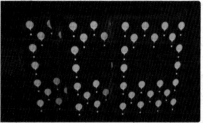

클럽에서 진가를 드러내는 야광봉, 야광팔찌처럼 어둠 속에서 빛을 내는 책도 나왔다. 출판사 천년의상상은 이달 책 제목과 같은 이름의 페이스북 인기 페이지를 책으로 옮긴 '열정에 기름붓기'를 출간하면서 표지에 야광물질을 입혔다. 책을 읽다가 불을 끄면 형광색 열기구 그림이 모습을 드러낸다. 선완규 천년의상상 대표는 "20대 저자들의 혁신적인 이야기를 책에 담은 만큼 책의 물성도 혁신적으로 만들었다"며 "젊은층이 책의 물성에 호기심을 느껴야 독서와의 거리도 좁힐 수 있다"고 말했다. —동아일보

무리를 벗어나 달리기를 망설이는 수많은 평범한 사람들의
열정에 기름붓기!

열정에
기름붓기

꿈을 크게 꿔라. 깨져도 그 조각이 크다 편

열정에
기름붓기

꿈을 크게 꿔라. 깨져도 그 조각이 크다 편

이재선 · 표시형 · 박수빈 · 김강은 지음
feat. 정여울 · 진중권 · 고병권 · 장석주

천년의상상

두 청년이 있었습니다.

둘 다 딱히 할 일은 없었습니다.
하지만 확고한 생각 하나는 있었죠.

"하고 싶은 일을 해야 한다."

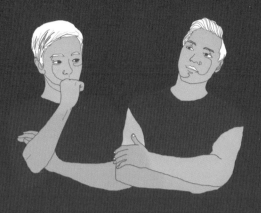

둘은 생각했습니다.
"어떻게 하면 하고 싶은 일을 하는 것이 당연한 사회가 될까?"

하고 싶은 일을 하는 사람이 많아진다면,
그래서 그들이 포기하지 않고 결국 성공하게 된다면

"언젠가 우리 사회는
하고 싶은 일을 하는 게 당연한
사회가 되지 않을까?"

그래서 그 둘은 글을 쓰기로 했습니다.
'하고 싶은 일을 하는 사람들'에게 힘을 주는 글을요.

처음 사람들은 그들의 이야기에
귀 기울이지 않았습니다.

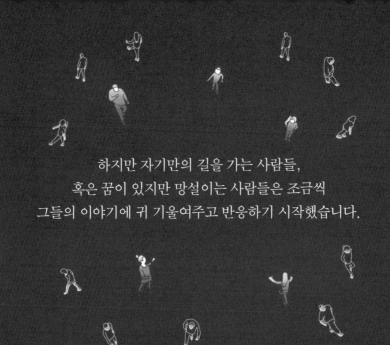

하지만 자기만의 길을 가는 사람들,
혹은 꿈이 있지만 망설이는 사람들은 조금씩
그들의 이야기에 귀 기울여주고 반응하기 시작했습니다.

그들의 글은 조금씩
사람들의 마음을 움직이고 있었습니다.

일주일에 한 번, 작은 카페에서 시작되었던 이 일은
어느새 그들에게 하루의 대부분을 투자하는
가장 중요한 일이 되었습니다.

함께하는 동료들도 생겨났죠.

물론 좋게 봐주지 않는 사람들도 있었습니다.

"배부른 소리하지마, 현실에서 그런 꿈같은 일은 일어나지 않아.
세상 물정 모르는 소리하네."

"언젠간 너희들도 지쳐서 그만두게 될 걸?"

그럴 때마다 그들은 생각했습니다.
"꿈을 좇는 게 허황된 소리가 아니란 걸,
우리가 그 꿈이 되어 증명해 보이자!"

그렇게 1년이 지났습니다.
식비를 아끼기 위해 도시락을 싸오고
새 옷 한 벌 사는 게 꿈이 되어갈 무렵

전화 한 통이 왔습니다.

"안녕하세요
출판사 천년의상상입니다.
당신들이 만든 이야기를 책으로 내고 싶어요."

이렇게 열정에 기름붓기가
책으로 만들어졌습니다.

매번 밥을 먹으며 꿈처럼 이야기하던,
우리의 꿈을 이뤄내게 되었습니다.

앞으로도 계속해서 열정에 기름붓기 하겠습니다.

꿈은 분명히
이뤄질 수 있습니다.

차례

열정에 기름붓기

코끼리 말뚝 이론

서커스단에서
코끼리를

길들이기 위해 쓰는 방법은 생각보다 간단하다.

힘이 없는 어린 시절부터
새끼 코끼리의 뒷다리를 말뚝에 묶어놓는 것이다.

그러면 새끼 코끼리는 안간힘을 써도
말뚝 주변을 벗어날 수 없다.

그렇게 시간이 흐르면 코끼리는
스스로 말뚝 주변을 자신의 한계로 정해버린다.

다 자라 그 족쇄를 뽑아버릴 힘이 충분해져도
이제는 더 이상 시도조차 하지 않는다.

심지어는 말뚝을 빼도, 평생을 그 주변에서만 살게 된다.
이렇게 코끼리는 길들여진다.

코끼리가 바보 같은가?

자, 그러면 이렇게 생각해보자.
코끼리=나 자신, 말뚝=주어진 상황

코끼리는 말뚝에 묶여 스스로 한계를 규정짓고,
힘이 생겨도 평생 벗어나지 못한다.

나는 주어진 상황에 묶여 스스로 한계를 규정짓고,
능력이 생겨도 평생 벗어나지 못한다.

당신이 무언가를 하려고 결심하거나, 꿈꿀 때
언제나 '안 되는 이유' 부터 떠올리진 않는가?

'나는 [연설가, PD, 광고인…]가(이) 되고 싶은데
학력도 안 좋고, 인맥도 없고, 돈도 없어.'

꿈을 이루는 데 처음부터 모든 것을 갖춘 사람은 없다.
누구나 새끼 코끼리처럼 실패도 하고 안 되는 이유를 생각한다.
그러나 처음의 실패에 익숙해져 시도도 해보지 않은 채 못하는
일이라 여기는 것은 스스로 자신의 한계를 단정하는 것이다.

팔다리가 없는 채로 태어나,
수많은 사람에게 감명을 주는 연설가가 된 닉 부이치치는 말한다.

"최고의 장애는
당신 안에 있는 두려움이다."

—닉 부이치치 Nick Vujicic

열정에 기름붓기

유비가 두 번째 부탁을
들어주지 않았다면

유비가

새로운 스승을 찾아 길을 떠난 어느 날이었다.

한참을 걷던 중 제법 넓은 개천 하나를 마주하게 되었다.
간밤에 큰비가 내린 탓인지 물살은 거셌고,
징검다리 하나 보이지 않았다.

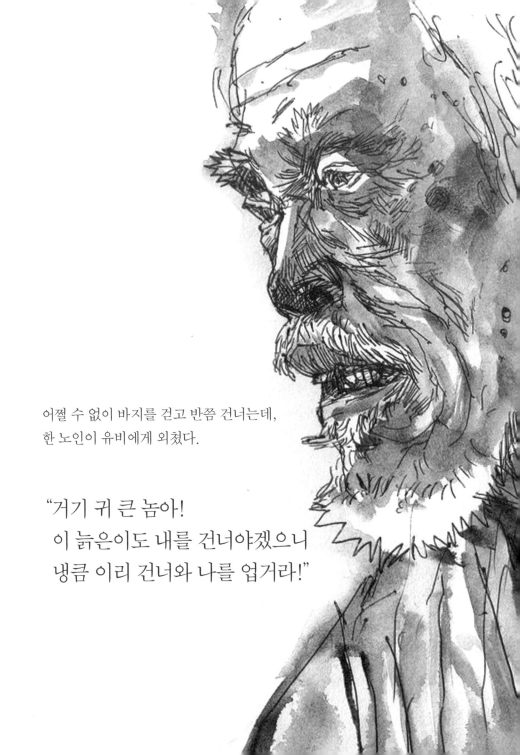

어쩔 수 없이 바지를 걷고 반쯤 건너는데,
한 노인이 유비에게 외쳤다.

"거기 귀 큰 놈아!
 이 늙은이도 내를 건너야겠으니
 냉큼 이리 건너와 나를 업거라!"

유비는 상대의 말투에 기분이 좋지 않았으나
늙은이인지라 이왕 젖은 거, 좋은 일 한번 한다는 생각으로
노인을 업고 개천을 건넜다.

그런데 이번에는 건너편에 짐을 놓고 왔다며
다시 자기를 업어달라 성을 내는 것이 아닌가.

유비가 "그럼 저 혼자 건너가 짐을 가지고 오겠습니다" 라고
말하니 노인은 "네 녀석이 어디 가서 내 짐을 찾는단 말이냐?
다시 나를 업거라!" 하고 화를 내었다.
유비는 잠시 생각하더니, 다시 노인을 업고 가 짐을 찾아왔다.

이에 노인이 웃으며 물었다.
"네가 이 늙은이를 두 차례나 업어 내를 건넌 까닭이 무엇이냐?"

유비가 답했다.
"제가 거절하고 가버렸다면, 어르신을 업고 강을 건넌
처음의 수고마저도 의미가 없어집니다.
하지만 조금만 참으면, 첫 번째 수고로움에

두 배의 의미를 얻게 되는 것이죠."

평소에 우리는 무언가를 하다 문득 이런 생각을 한다.

'아… 이만하면 된 것 같은데 그만할까?'

하지만 무언가를 시작하고 끝까지 해내지 않으면,
그전에 한 것마저 무용지물이 되어버린다.
유비가 두 번째 부탁을 들어주지 않았다면
노인도 얻은 게 없고, 유비도 괜한 힘만 쓴 게 된다.

금연이든, 운동이든, 공부든 마찬가지다.

일단 당신이 시작한 일이라면 끝장을 봐라.

호지부지 멈춘다면
그동안의 노력이 헛수고가 될 것이고
어찌되었든 끝까지 한다면,
적어도 무언가는 얻을 것이다.

성공하는 사람은
결코 중단하지 않는다.

03

열정에 기름붓기

잠들기 전
불안한 이유

오늘 하루도 열심히 살았다.
그런데 왜 매번 잠들기 전이면

내 미래가 불안하게만 느껴지는 걸까.

'불안하다. 그냥, 마음 한구석이 뻥 뚫린 것 같아…. 내가 헛짓만 하고 있는 건 아닐까?'

《불안》의 저자 알랭 드 보통Alain de Botton은 이렇게 말한다.

"당신 주위 대부분의 사람들이
잠들기 전 당신과 똑같은 생각을 한다."

현대사회의 지배적 감정인 시기심은
우리 사회에 만연한 '성과주의' 의 영향이다.

우리가 불안한 이유는 감정적 보상을
물질의 취득과 연결시키기 때문이다.
이를테면 나의 기준으로 성공을 판단하는 것이 아니라,
남들이 성공이라 인정하는 것을 나의 성공과 결부시킨다.

그 결과 우리는 끊임없이 남들과 비교하고
모든 걸 '돈' 으로 판단하고 수많은 평가 요소를 만들어낸다.

나를 점수 매기고, 남을 점수 매긴다.
따라서 불안은 당연하다.

당신의 불안감을 내려놓기 위해 필요한 것은
남들이 보는 나의 모습이 아니라, 진정 내가 중요시하는
가치의 성취 여부를 평가하는 일이다.

이미 팽배한 성과주의 사회에서
불안감을 떨치긴 어렵겠지만,
그리기 위해 먼저 해야 할 것은

기준점을 내 안에서부터
찍는 일이 아닐까?

스스로 최선을 다한 하루였다면,
당신의 하루는
충분히 성공적인 것이다.

04

열정에 기름붓기

실패가 앗아가는 것

여섯 살 때부터 글쓰기를 좋아한 한 여인의 이야기.

대학 졸업 후 비서로 취직했으나 무언가를 끄적이며
공상에 잠기는 습관 때문에 해고.

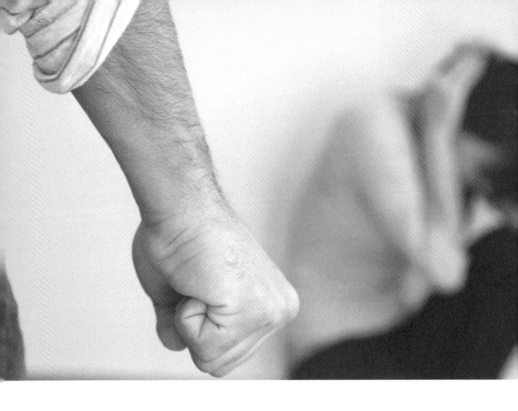

포르투갈에서 영어교사가 되고 한 남자와 결혼했지만
책임감 없고 폭력만 일삼던 남편.

결혼생활 13개월 만에 이혼하고,
아이와 함께 고국에 돌아와 정부보조금으로 연명하게 된다.

기저귀 살 돈이 없어, 유아용 탈의실에 비치된 기저귀를 훔치다
망신을 당한 그녀는 실패한 인생의 반복에 좌절하고 만다.

'내 추락의 끝은 어디까지일까.'

삶으로부터 도망치고 싶을 정도로,
벼랑 끝까지 거칠게 몰아붙이던 실패.
생을 마감하기로 마음먹고 수면제통을 집었지만,
딸의 우는 소리에 생각을 바꾸고 찾은 신경정신과.

의사는 심각한 우울증 진단을 내리고
좋아하던 글을 다시 써보라고 권유했다.

그녀에게 남아 있던 단 하나,
한구석에 처박혀 있던 먼지 쌓인

구식 타자기.

그녀는 무섭게 글쓰기에 몰입했고
잘 풀리지 않을 때는, 공동묘지를 찾아가 영감을 얻기도 했다.
삶에서 기대할 수 있는 무수한 희망들이 사라졌기 때문일까?
그녀는 글쓰기 외에는 아무것도 남아 있지 않다는 듯 몰두했다.

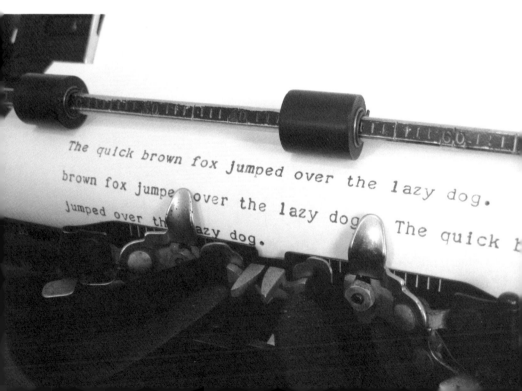

마침내
낡은 타자기 하나로 이뤄낸
마법 같은 기적!!!

전 세계 판매부수 1위
4억 5,000만 권 이상 판매
약 7조 8,000억 원 이상의 수익을 낸 판타지의 최강자

"그녀로 인해 사람들이 다시 '책'을 읽기 시작했다."

—영국 일간지 〈선〉

Harry Potter

AND THE SORCERER'S STONE

J. K. ROWLING

이혼, 실업, 거듭되는 실패, 우울증….
너무나 많은 것을 앗아가기에
우리가 그토록 두려워하는 것들.

하지만 그 두려웠던 것들이 현실이 되자 더 이상
두려워질 것이 없었던 그녀,
조앤 K. 롤링Joanne Kathleen Rowling.

"제 인생은 철저히 실패의 연속이었는데
그 실패는 불필요한 것들을 제거하는 과정이었고,
가장 중요한 것에 모든 걸 쏟아 부을 수 있는
자유를 느끼게 했습니다. 제가 가장 두려워했던 실패가 현실이
되었기에 저는 오히려 자유로워질 수 있었습니다."

― 조앤 K. 롤링 하버드대학교 연설 중에서

실패는 많은 것을 앗아갑니다.
하지만,
실패는 두려움까지 앗아갑니다.

두려워 마세요.
실패로 인해 끝내 꺾이지 말고, 한 가지 일에 몰두해보세요.

놀라운 기적은 모든 평범한
삶 속에서 일어날 수 있습니다.

05

열정에 기름붓기

당신은 지금
성장하지 않는 것이 아니다

모
소
대
나
무

중국의 극동지방에서만
자라는 희귀종

毛竹

그 지방의 농부들은
여기저기 씨앗을 뿌리고 매일같이 성의를 다한다.

싹을 틔운 후에도 농부들은
수년 동안 온갖 정성을 기울이지만

모소대나무는
4년이 지나도
불과 3cm밖에 자라지 못한다.

4년은 결코 짧은 시간이 아닌데
작은 나무조차 되지 못한다니….
이쯤 되면 불안한 생각이 엄습한다.

'이대로 성장이 멈추어버린 걸까?'

이 모습을 본 타 지방 사람들은
도무지 이해하지 못하고 고개를 가로젓는다.
육안으로 보기에도 자라지 않는 것 같고
허송세월하는 것이나 다름없게 느껴진다.

하지만 이 대나무는

5년째 되는 날부터
하루에 무려
30cm 넘게 자라기 시작한다.

그렇게 6주 만에 15m 이상 자라게 되고,

순식간에 빽빽하고 울창한 대나무 숲을 이룬다.

4년 동안 단 3cm의 성장에 불과했던 모소대나무는
5년 후부터 그야말로
폭발적인 성장을 하게 되는 것이다.

6주 만에 놀라운 일이 벌어진 것 같지만

지난 4년 동안 모소대나무는 땅속에
수백 제곱미터에 이르는
뿌리를 뻗치고 있던 것이다.

우리 주변에도 이런 사람들이 있다.

죽어라 노력하는데
눈에 띄는 성과를 보이지 못하거나,
남들이 알아주지 않아도 끝까지 매달리는 사람들이다.

우리는 이들을 보면 불쌍히 여기거나 바보라고 생각한다.
당장의 성과는 없지만 죽어라 노력하는 사람들을 보고
동정하거나 미련하다고 놀린다.

하지만 이들은 성장하지 않는 것이 아니라
아주 깊게
단단한 뿌리를 내리고 있는 것이다.

그리고 때가 되면,

그야말로 기막히게
높은 위치에 다다를 것이다.

당신도 무언가를 죽어라 하는데 눈앞에 성과가
보이지 않는다고 겁먹지 마라.

당신은 지금
성장하지 않는 것이 아니라
뿌리를 내리고 있는 것이다.

06

열정에 기름붓기

가장 큰 장애

아름다운 외모, 눈에 띄는 자신감.

육상선수이자 모델 그리고 영화배우까지 겸한 이 여성은
'에이미 멀린스Aimee Mullins' 다.

그녀에게는 남들과 다른 점이 있는데

바로 두 다리가 없다는 것이다.

선천적으로 종아리뼈가 없이 태어난 그녀에게 의사가 내린 사형선고.

"절대 걸을 수 없고,
운동도 못할 것이며,
다른 사람 도움 없이 살지 못할 겁니다."

그녀는 다리를 그냥 두어 평생 휠체어 신세를 지거나,
절단하여 의족을 끼워 넣어야만 했다.

결국은 힘겹게라도 걷기 위해
한 살에 두 다리를 절단하게 된다.

하지만 삶 자체가 절망이라 불릴 수 있는 순간에도
그녀는 명랑함을 잃지 않고, 두 의족으로 걷고 또 뛰었다.

당당하고 어엿한 운동선수가 되겠다는 꿈을 가지고….

미국대학스포츠연맹NCAA 주최 비장애인 육상대회 출전
1996년 애틀랜타 패럴림픽 육상 부문 세계신기록
지방시 수석 디자이너 알렉산더 매퀸Alexander Mcqueen 패션쇼 모델
〈피플〉지 '세계에서 가장 아름다운 50인' 선정

에이미는 의족만으로 해내기 어려운 일들을 이뤄냈고,
그녀의 화려한 타이틀에 사람들은 궁금해했다.

"어떻게 그런 장애를 극복해냈습니까?"
"역경을 이겨내고 성공할 수 있었던 비결이 무엇이죠?"

에이미는 말했다.
"역경이나 장애를 극복한다는 것은 저와는 맞지 않는 말입니다.
역경은 삶을 유지하기 위해 피하거나, 부정하거나,
넘어서야 하는 장애물이 아닙니다.
역경이야말로 우리의 자아와 능력을 일깨우고,
우리 자신에게 선물을 가져다주기 때문이죠.

제 생각에 진짜 장애는 억눌린 마음입니다.
억눌려서 아무런 희망도 없는 마음이요."

사람들이 '장애를 극복했다' 라고 말할 때,
에이미 멀린스는 '잠재력을 끌어냈다' 고 말한다.

문제는 역경을 겪느냐 마느냐가 아니다.
중요한 것은 얼마나 현명하게 마주하느냐이다.

"결함으로 여겨지는 것들과
우리의 위대한 창조적 능력은 동반자 관계에 있다.
역경을 부정하고 피하고 숨기는 데 공들이기보다
그 안에 감춰진 기회를 찾는 데 공을 들여라."

―에이미 멀린스

결점조차 아름다운 사람들의 매혹

문학평론가 정여울

어린 시절 나는 가끔 상상했다. 나의 단점을 모조리 빼버리고, 장점만을 알뜰히 모아놓는다면, 나는 훨씬 멋진 사람이 되지 않을까. 기억하고 싶지 않은 과거는 몽땅 지워버리고, 자랑스러운 과거만을 모아놓는다면, 삶은 좀 더 풍요로워지지 않을까. 이 세상도 그렇지 않을까. 우리가 자신들의 취약점을 세련되게 은폐할 줄 안다면, 장점을 멋지게 포장하는 능력을 강화한다면, 좀 더 살 만한 세상이 되지 않을까. 하지만 그런 상상은 매우 위험한 것임을, 우리는 커가면서 자연스럽게 깨닫는다. 단점을 제거하고 장점만을 남겨놓는 것, 그것이야말로 우생학의 잔인한 인종차별을 낳지 않았던가. 우리가 타인에게 호감을 느끼는 이유는 그의 장점 때문만이 아니다. 오히려 사람들은 자신의 취약점을 숨김없이 드러내는 사람, 자신의 약점을 솔직하게 인정하는 사람들에게서 매력을 느낀다. 약점은 존재의 치부가 아니라 존재의 어엿한 일부다.

빨강머리 앤의 머리카락이 탐스러운 금발이었다면, 빈센트 반 고흐가 억만 장자였다면, 악성 베토벤의 귀가 남들보다 훨씬 잘 들렸다면, 우리는 그들을 이만큼 애틋하게 사랑할 수 있었을까. 이렇듯 우리가 타인에게 매혹되는 이유는 그의 탁월함 때문이 아니다. 영원히 채울 수 없는 결핍에도 불구하고 그 결핍을 온몸으로 끌어안는 사람들이야말로 가장 매력적인 사람들이다. 진정 치명적인 단점은 결핍 자체가 아니라 결핍을 부끄러워하고, 결핍을 꽁꽁 숨기려는 자격지심이 아닐까.

현대사회에서는 결점을 정직하게 끌어안는 것보다는 없는 장점까지 억지로 만들어 자신을 최대한 과대 포장하는 것이 미덕처럼 되어버렸다. 유명인들은 자신의 집 안 인테리어까지 속속들이 공개하며 부를 과시하고, 개개인의 홈페이지에서도 자신의 고민이나 불안조차 쇼윈도의 상품처럼 화려하게 전시하는 이들이 관심을 끈다. '우월한 유전자'라는 괴상한 유행어는 마치 한 인간의 탁월성이 태어날 때부터 완전히 결정된다는 식의 끔찍한 편견을 조장한다. 자기 PR을 세련되게 해내지 못하는 사람은 출발선부터 크나큰 손해를 입는 사회. 이런 현대사회의 단면을 가장 잘 보여주는 단어가 바로 '메이크 오버make over'와 '쇼 오프show off'일 것이다. 현대인에게 메이크 오버는 단순히 '단장'의 수준을 넘어서서 친한 사람들도 알아보기 힘들 정도의 '변장'이 되어버렸고, 쇼 오프는 본래 의미인 '자랑'을 넘어서 자신을 과도하게 PR하고 광고하는 '자만'이나 '허영'으로 치닫게 된 것이다.

인간의 취약점에 대해 오랫동안 연구해온 미국의 학자 브레네 브라운Brene Brown은 취약점이 지닌 놀라운 힘을 보여준다. 그녀의 표현에 따르면, 인간의 취약점은 '용기'를 측정하는 기준이라고 한다. 십여 년 동안 수천 명의 사례들을 연구한 결과, 용기 있는 사람들의 특징은 자신의 결점을 숨기려 하지 않고 오히려 다른 사람에게 자신의 결점을 완전히 드러낼 줄 아는 사람들이었다고 한다. 용기courage라는 단어 자체가 '심장'을 의미하는 라틴어 코어cor에서 나왔는데 용기는 바로 '당신이 누구인지를 온 마음을 다해 솔직히 이야기한다'는 의미를 지닌다고 한다. 행복한 사람들은 '나는 불완전하다'는 말을 스스럼없이 털어놓을 수 있다. 행복한 사람들은 자신의 결핍을 거리낌 없이 인정하기에 우선 스스로에게 관대하고, 더 나아가 다른 사람의 결핍에 대해서도 너그러운 마음을 가지게 된다는 것이다. 자신의 취약성을 완전히 포용하는 사람들은, 자신을 취약하게 만드는 바로 그 결점들이 자신을 더욱 아름답게 만든다고 생각한다. 이런 사람들은 거절당할 위험을 무릅쓰고 늘 먼저 사랑을 고백하고, 미래가 보장되지 않아도 진정 원하는 일을 선택하고, 건강검진 결과를 기다릴 때조차도 불안에 떨지 않는다는 것이다. 아무런 확신이나 보장 없이, 그 어떤 예측이나 계산 없이 자신을 온전히 내던질 수 있는 마음. 그것이 용기의 본질이라는 것이다.

물론 우리는 해결되지 않는 결핍 때문에 열등감을 느끼고, 고칠 수 없는 단점 때문에 스트레스를 받는다. 그러나 우리가 더 나은 사람이 되려고 노력하는 출발점도 바로 그 결핍이고, 우리의 기쁨과 우리의 사랑도 바로 그 결핍에서 비롯되지 않는가. 정말 무서운 것은 적들에게 단점을 노출당하는 것이 아니라, 단점이 만천하에 드러났을 때 완전히 용기를 잃어버리는 것이 아닐까. 우리는 아이들에게 '지지 않는 법'을 가르칠 것이 아니라, '지디라도 결코 쫄지 마'라고 가르쳐야 하지 않을까. 패배가 무서운 것이 아니라, 다시 일어날 용기를 잃는 것이 진정 무서운 일이니까. 우리는 수단과 방법을 가리지 않고 늘 이기기만 하는 냉혈한이 아니라, 때로는 지고 때로는 이기는 것이 당연하다는 것, 그럼에도 불구하고 끊임없이 노력하는 자가 아름답다는 것, 그런 자야말로 사랑받을 가치가 있다는 것을 가르쳐야 하지 않을까. 가장 중요한 것은 끝내 이기는 것이 아니라, 인생의 막다른 골목에서도 '혼자'가 아님을 깨닫는 것이니까. 어떤 상황에서도 조건 없이 사랑받고 계약 없이 사랑할 수 있는 능력을 잃지 않는 것이니까. 우리는 결점을 우아하게 숨기는 법이 아니라, 결점조차도 스스럼없이 털어놓을 수 있는 용기를 배워야 하지 않을까.

—《마음의 서재》 중에서

07

열정에 기름붓기

스트레스에
지고 있다면

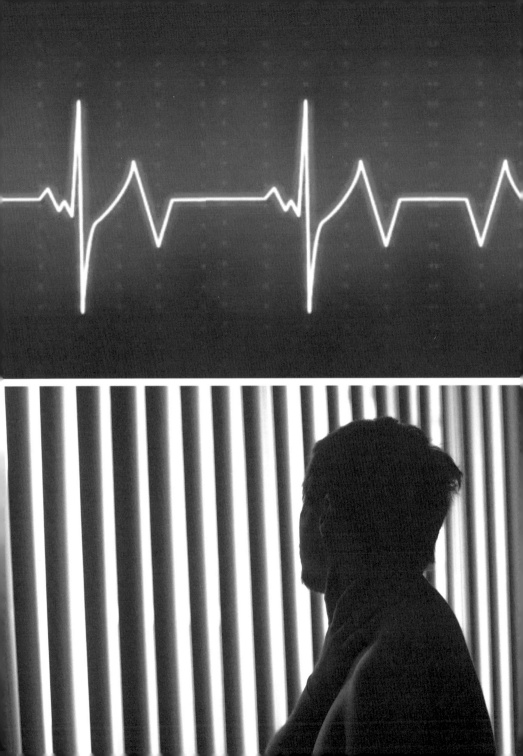

몸에 땀이 나고, 심장박동이 빨라진다.

머리가 아파오고, 모든 걸 놓아버리고만 싶다.

나는 지금 스트레스를 받고 있다.

'이렇게 스트레스를 받다간, 난 망가지고 말 거야.'
우리는 오랜 기간 동안,
스트레스는 나쁜 것이며 피해야 하는 것이라고 여겨왔다.

스탠퍼드대학교 출신의
심리학 박사 켈리 맥고니걸Kelly McGonigal 역시
10년 동안 스트레스의 위험성에 대해 연구하고 사람들에게
이를 피해야 하는 나쁜 것이라 알려왔으나

최근 그 생각을 바꿨다.

'스트레스는 나쁘지 않다.
스트레스가 나쁘다고 생각하는
우리의 생각이 나쁘다.'

그녀는 8년간 성인 3만 명을 대상으로 스트레스가
삶에 미치는 영향에 대해 추적 연구하고 흥미로운 결과를 발견했다.

스트레스를 많이 받은 사람들은 그렇지 않은 사람들에 비해
무려 43퍼센트의 사망증가율을 보였는데, 그들은 모두
'스트레스는 내 건강을 해친다' 라고 생각하는 사람들이었다.

반면 많은 스트레스를 받았음에도,
'스트레스는 나쁘지 않은 거야' 라고 생각한 사람들은
스트레스를 거의 받지 않은 사람들과 비슷한 생존율을 보였다.

스트레스가 나쁘다고 생각한 사람은
정말 건강이 악화됐고

스트레스가 당연하다고 생각한 사람은
아무 영향을 받지 않은 것이다.

우리가 무언가에 몰입하고, 집중하고 목표를 이뤄내고자 할 때
스트레스는 필연적으로 발생한다.

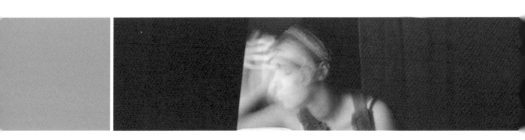

아무리 마음가짐을 잘 다스려보아도,
스트레스 받을 만한 상황을 피하려 해보아도
스트레스는 나타나며 이를 완전히 제거할 수는 없다.
우리의 욕구가 원천 봉쇄되지 않는 이상….

당신이 스트레스를 받았을 때,
'젠장, 이 스트레스가 날 망칠 거야'라고 생각한다면
그때 스트레스는 당신에게 진짜 독이 된다.

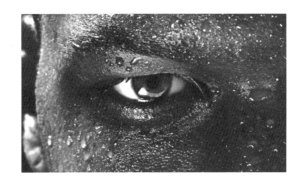

이렇게 생각하자.
지금 우리가 받는 스트레스는 '땀'이다.
목적지를 향해 달리느라 나고 있는 땀이다.

스트레스를 두려워하지 말자.
스트레스는 우리가 시금 잘 가고 있디는 증거다.

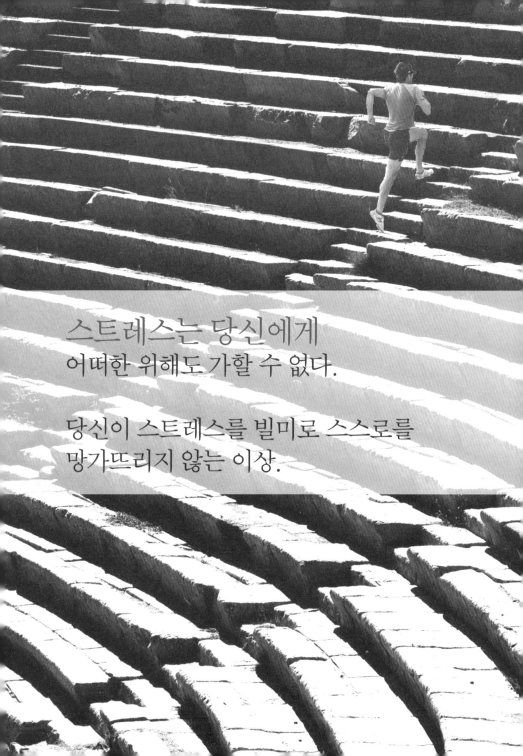

스트레스는 당신에게
어떠한 위해도 가할 수 없다.

당신이 스트레스를 빌미로 스스로를
망가뜨리지 않는 이상.

08

열정에 기름붓기

남들과 다른
길을 간다는 것

스칸디나비아반도에는 '레밍lemming' 이라는
쥣과의 설치류가 산다.

레밍은 절벽 아래로 뛰어드는
'집단 자살쇼'를 벌이는 것으로 유명하다.

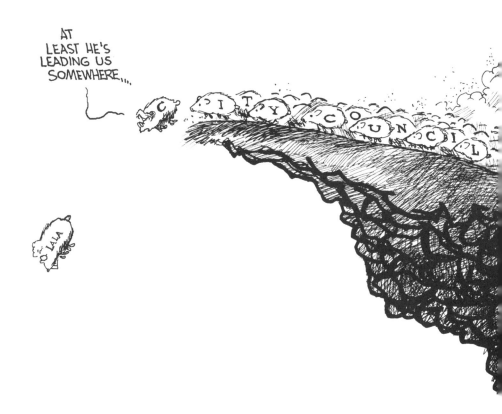

이 이상한 집단 자살행위는 이렇게 시작된다.

어느 날 몇 마리의 레밍이 무작정 뛰기 시작한다.
그러면 주변의 수많은 레밍이 영문도 모르고 따라 뛴다.

그런 식으로 아무런 이유도 모른 채
다른 레밍들이 뛰니까 뛰게 된다.

그렇게 수천 마리가 함께 뛰고,
절벽을 만나도 멈출 수 없어
모두 아래로 떨어지게 되는 것이다.

아직 이러한 현상의 이유에 대해 밝혀진 것은 없지만, 이처럼

특별한 이유 없이 무작정 다수를 따라 하는
것을 '레밍 효과' 라 한다.

TV에서 맛집이라고 소개되면 손님이 몰리고,
방청객의 웃음소리에 따라 웃게 되는 것이 바로 이 때문이다.

이는 진로를 설정할 때도 강하게 나타난다.
대개 누군가가 조금 다른 길을 가면
이렇게 말하곤 한다.

"네 꿈은 너무 비현실적이야,
지금은 스펙을 쌓아야지."

"남들 다 영어 공부하는데, 너는 뭐하는 거야?"

대다수가 정한 틀에 묶여,
남들과 다른 길을 '틀린 길' 이라고 여긴다.
만약 당신이 남들과 다른 길을 가고 있다면,
저런 말들에 기죽지 마라.

적어도 무작정 따라가는 것보다는 훨씬 낫다.

철의 여인으로 유명한
마거릿 대처Margaret Thatcher는 이렇게 말했다.

"남들과 다른 생각을 하는 것,
다른 길을 가는 것을 오히려
축복이라 생각하라.
자기가 삶의 주인이 될
가능성이 가장 높은 사람이다."

09

열정에 기름붓기

당신의 크기

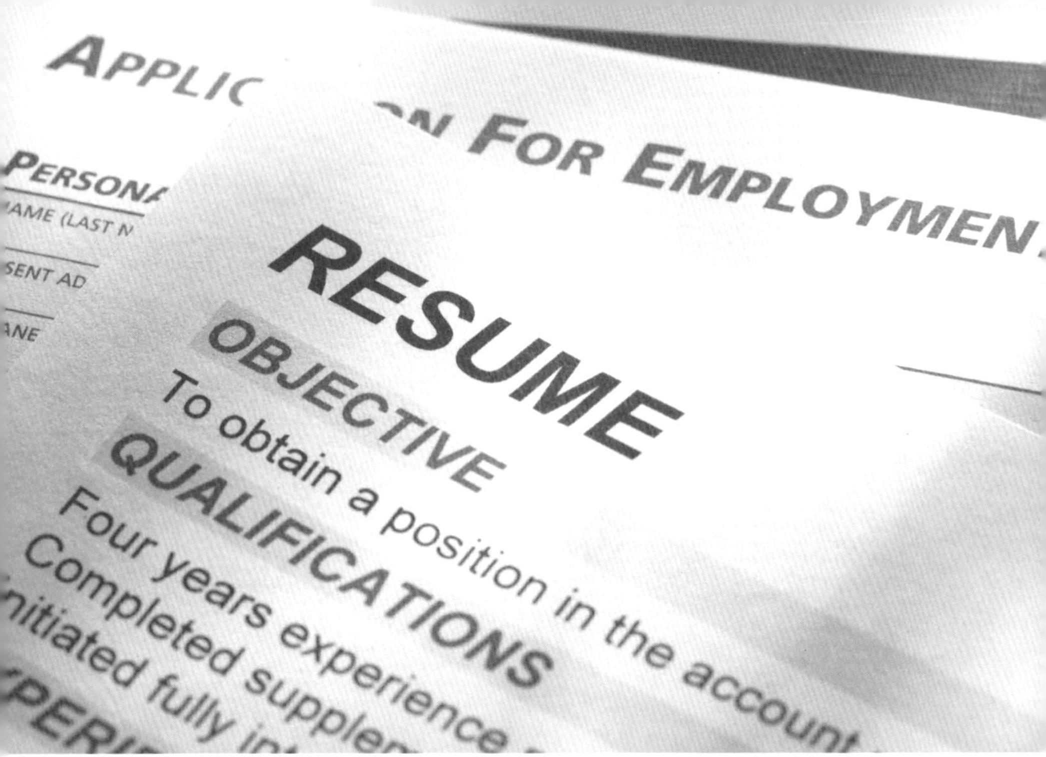
APPLIC
FOR EMPLOYMEN
RESUME
OBJECTIVE
To obtain a position in the account
QUALIFICATIONS
Four years experience
Completed supplem

한 남자의 이력서

나이: 31세
경력: 트럭운전수
학력: 대학교 중퇴
왕따였던 학창시절…

사람들은 그를 '찌질이 인생' 이라 불렀다.

하지만 이력서에는 적혀 있지 않은 그의 또 다른 모습.

영화광
놀라운 상상력
풍부한 예술적 감각
이력서에는 적을 수 없는 그의 잠재력.

그런 그가 가지고 있던 꿈, 영화감독.

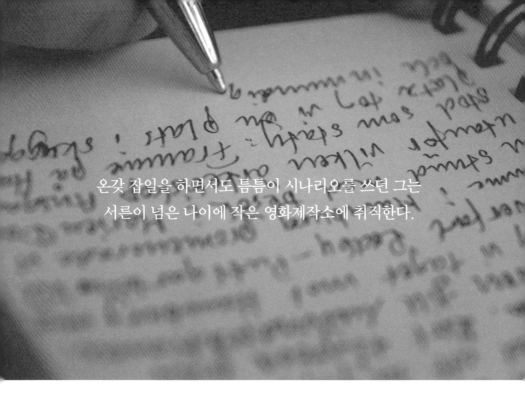

온갖 잡일을 하면서도 틈틈이 시나리오를 쓰던 그는
서른이 넘은 나이에 작은 영화제작소에 취직한다.

틈틈이 완성한 시나리오가 팔린 가격
단돈 1달러

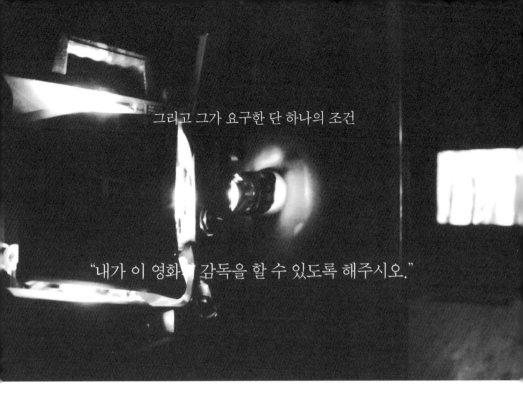

그리고 그가 요구한 단 하나의 조건

"내가 이 영화의 감독을 할 수 있도록 해주시오."

그렇게 만들어진 저예산 영화

SCHWARZENEGGER

MOTION PICTURE SOUNDTRACK

TERMINATOR

JUDGMENT DAY

MUSIC COMPOSED BY

"터미네이터 감독이 도대체 누구야?"

그에게 주목하기 시작한 사람들
그리고 찌질이가 계속해서 만들어낸 작품들

〈에이리언〉, 〈타이타닉〉, 〈아바타〉

지구상 최고의 감독이란 칭호를 받은
제임스 캐머런James Cameron.
과거 그는 서른이 넘도록 변변한 일자리 하나 갖지 못했고,
사람들은 그에게 어떤 기대도 하지 않았다.

왜냐면 그의 이력서에는 아무것도 없었기 때문이다.
우리는 종종 미래의 가능성을 단순히 지금 내 이력서에
적을 수 있는 것들로 판단하곤 한다.

하지만 당신의 이력서가 지금 비어 있다고 해서
당신의 미래까지 비어 있는 것은 아니다.

모두가 찌질이라 불렀던 제임스 캐머런 감독은
훗날 오스카상 시상대에서 이렇게 외쳤다.

"I'm the King of the World!"

18

열정에 기름붓기

아, 요즘
왜 이렇게 슬럼프지

일할 때, 게임할 때, 운동할 때, 공부할 때…

무엇을 하든 슬럼프는 누구에게나 찾아온다.

아무리 해도 제자리인 것 같고,
심지어는 실력이 줄고 있는 것 같다.
마음이 조급해진다.

'미치겠다. 나랑은 맞지 않는 일인가?'

여러 학자들이 말하는 실력의 성장곡선을 그려보면 이렇다.

[S자 학습곡선]

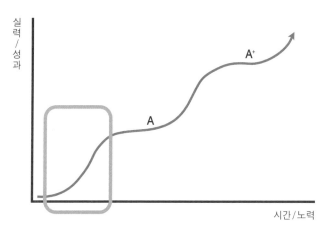

실력 / 성과

A⁺

A

시간/노력

처음에는 무슨 일이든 쉽고, 새롭다. 그래서 재미도 있다.
이 시기에는 배우는 것이 곧 실력이 된다.

하지만
기초단계를 벗어나면 배우는 것만으로 실력이 늘지 않는다.

[S자 학습곡선]

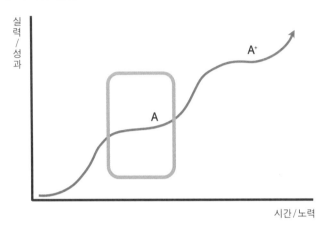

그때부터는 배운 것에 대한 반복과 숙달이 필요하다.
바로 이 시기가 흔히들 말하는 '슬럼프'다.

반복과 숙달이 필요해지고, 당장에 성과가 보이지 않기에
많은 사람들이 여기에서 좌절하고 지친다.

'아, 요즘 왜 이렇게 슬럼프지.'

하지만 슬럼프는 넘지 못할 역경이나 고난이 아니다.
조금 지루하고 긴 길이 나왔을 뿐이다.

슬럼프가 왔다면, 한계라 생각하거나 포기하지 마라.
오히려 좋아해라.

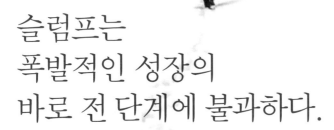

슬럼프는
폭발적인 성장의
바로 전 단계에 불과하다.

11

열정에 기름붓기

타인의 시선

집에 가는 길,
자연스레 하루를 되돌아보면

아쉬움이 남을 때가 많다.

항상 '하면 좋을 거야' 란 생각은 하시만
번번이 수많은 가정들이 나를 가로막곤 한다.

'내가 나서면 잘난 척한다고 생각하겠지?'
'말 걸면 싫어할까?'
'질문을 하면 비웃진 않을까? 하고 싶긴 한데…'
'이 옷 정말 예쁜데… 내가 입기엔 너무 과한가?'

남들의 시선 때문에 하지 못한 수많은 행동들
어쩌면 놓쳐버린 기회들

'그러지 못한 것' 들이
집으로 가는 길에 조금씩 떠오른다.

우린 모두 타인의 시선에 얽매여 살아간다.
물론 타인과의 관계는 매우 중요하다.

하지만 내가 간절히 원하는 것을
단지 타인의 시선이 두려워 하지 못한다면,
그건 너무나 보잘것없는 이유로
인생의 빛나는 여러 순간들을 놓쳐버리는 일이다.

철학자 쇼펜하우어Arthur Schopenhauer는
그의 저서 《인생론》에서 이렇게 이야기했다.

"남이 뭐라고 말할까?
이런 생각을 늘 하는 사람은 이미 남의 시선의 노예일 뿐이다.
노예는 항상 주인의 눈치를 살피고, 주인의 명령대로 해야 한다.
자기가 싫어도 해야 하기 때문에 자유가 없어서 불행하다."

"'시선'이라는
감옥에서 벗어나라.
당신 삶의
주인은 당신이다.

열정에 기름붓기

늑대의 자살

에스키모는 늑대를 사냥할 때
날카로운 창에 동물의 피를 발라 들판에 세워둔다.

피 냄새를 맡고 모여든 늑대들은 창끝을 핥기 시작하고,

추운 날씨에 혀가 마비된 탓에
아픔을 모르고 계속 창끝을 핥다
끝내 죽음을 맞이한다.

늑대가 죽은 이유는
아무런 의심 없이 계속해서 피를 핥았기 때문이다.
핥고 있는 피가 자신의 피인지도 모른 채….

우리는 어떤 행동을 할 때
처음에는 발전적으로 생각하고, 노력도 해보지만

어느 순간 별다른 노력을 하지 않아도
일은 돌아간다는 사실을 깨닫게 된다.

만약 그렇다면 의심해봐도 좋다.
당신이 '매너리즘'에 빠진 것은 아닌지.

매너리즘[mannerism]

항상 틀에 박힌 일정한 방식이나
태도를 취함으로써 신선미와 독창성을 잃는 일

새로운 일이나 취미생활을 지속하다 보면
자신만의 방법을 터득하게 된다.

그리고 무의식적으로 그 익숙한 방식에 의존하게 되는 순간
매너리즘은 시작된다.

꾸준히 무언가를 하는데도 발전이 없는 듯 보인다는 점에서
매너리즘은 슬럼프와 비슷하다.

그러나 더욱 무서운 건, 매너리즘에 빠진 사람은 스스로가
그 사실을 인지하지 못하는 데 있다.
마치 자신의 피를 핥는 늑대처럼
자신이 어떤 길을 가고 있는지에 대해 의심조차 못하는 것이다.

익숙함은 편하다.
그래서 매너리즘은 위험하다.

매너리즘에서 빠져나오는 유일한 방법은
가지고 있던 방식을 버리는 것이다.

" '반복이란 병' 이
당신을 지배하게 두지 마라.
위대함과 평범함을 가르는 차이는
자기 자신을 매일매일 재창조할 수
있는 상상력과 열망을 갖고
있느냐 없느냐에 달려 있다."

—톰 피터스Tom Peters (스탠퍼드대학교 경영대학원 경영학 박사)

청춘이여 UNIQUE해져라

이미지 인문학자 진중권

지금의 대학은 회사가 원하는 맞춤형 인재를 찍어내는 공장에 지나지 않는다. 대학에서 가장 중요한 것은 질적 다양성인데, 왜 다들 획일화된 모습을 가지고 있는 걸까? 청춘들의 스펙을 보면 영어점수, 봉사 활동, 높은 학점, 자격증까지 모든 게 비슷하다. 질적 다양성이 없는데, 여기서 과연 창의적인 것이 나올 수 있을까.

남들과 동일해지려는 심리는 공포심에서 기인한다. 모두가 하는 것을 그냥 따라 하다 보면 독창성은 발현되지 않는다. 남들과 다른 방식으로 승부를 걸어야 한다. 현실에 대한 공포에서 벗어나자. 욕망의 획일화가 아닌 다양화가 된다면 사회는 더욱 다양하고 다채로워질 것이고, 우리의 삶은 더욱디 풍요로워질 것이다.

미셸 푸코Michel Foucault는 '자율은 강요된 타율'이라 했다. 이미 '만들어진 것'을 보면서 자란 우리는 이런 것을 본디 욕망했던 것이라 착각한다. 좋은 집을 갖고 싶어 하고, 좋은 배우자를 만나고 싶어 한다지만, 이것은 어쩌면 사회가 정해준 틀에 불과하지 않을까. 우리가 정말 원했던 것인가? 이럴 때 주체는 바로 우리 자신이 되어야 한다. 그래서 필요한 것이 '자기의 테크놀로지'다.

'자기의 테크놀로지'를 어떻게 실행할 것인가? 스스로가 자신을 배려해야 하는 것이다. 자신을 긍정하고, 스스로의 욕구를 긍정하는 게 첫출발이다. 사회는 우리를 배려하지 않는다. 우리 사회의 자본이라는 '놈'은 확대와 재생산에만 관심이 있지 당신을 배려하지 않는다. 필요 없으면 밖에서 다른 이를 데려와 바꿔버린다.

진지하게 고민해보라. '내가 하고 싶은 것이 과연 무엇인가?' 혹 주위의 시선 때문에 원치 않게 남들과 똑같은 길을 가는 것은 아닌가? 무엇보다 타인의 인정이 아니라, 나 스스로를 자랑스레 여기며, 나라는 자아를 올바로 만들어가야 한다. 겸손은 미덕이지 의무가 아니다. 누구나 자신의 장점을 말할 수 있어야 한다. 삶은 예술 같기에 나를 아는 것은 사실 나를 배려하는 것과 같다.

우리가 살아가고 있는 지금, 가까운 미래는 베스트best(양)가 아닌 유니크 unique(질)의 시대다. 어느 때, 어느 곳에서나 베스트는 나온다. 하지만 유니크는 드물었다. 흔한 베스트이기보다 보기 드문 유니크한 존재, 자기표현을 잘할 줄 아는 창조적 인간이 각광받는다.

유니크한 삶을 살아가려면 내가 가진 욕망이 나를 위한 욕망인지 곰곰이 따져보아야 한다. 그것이 나를 위한 나만의 욕망이라면, 그것을 추구할 용기가 있는지 확인만 하면 된다. 남을 모방하는 것이 아니라 나만의 일을 하면서 스스로를 끝없이 가꾸며 가치 있게 사는 것이 필요한 시대이니 말이다.

혹자는 묻는다. "그렇다면 우리는 어떻게 해야 하나요?" 내 생각에는 자기의 전공을 넓은 영역, 다양한 분야로 확장해야 한다. '하이브리드hybrid' 하는 것이다. 창의적인 사람이 되어야 한다. 대체되어 쉽게 낙오되는 사람이 아니라 줄기세포 같은 인재가 되어야 한다. 잠재성을 발휘하여 다른 분야로 얼마든지 진출할 수 있어야 한다.

이렇게 자신이 하고 싶은 일을 하면서, 밥까지 먹는다. 이러면 특권층이라할 수 있다. 이제 우리 사회는 바뀔 것이며, 그에 따라 사회가 원하는 인간상도 바뀔 것이다. 새로운 인재가 필요할 세상이 오고 있다. 깊이 아는 것도 중요하지만, 남들이 하지 않는 것을 시도하자.

청년실업과 관련해 말들이 많지만, 정작 기업에서는 '사람은 많은데 쓸 만한 인재가 없고, 쓸데없는 인재 또한 너무 많다'고 한다. 당연히 취업경쟁률이 포화상태일 수밖에 없다. 남들이 안 알아줘도 좋다고 생각하고, 넓게 알아야 한다. 지식+관심+탐색=하이브리드(정보생산)로 이어지는 T자형 인재가 미래의 경쟁력이다.

1. 우수해야 한다: '남보다'가 아닌, 어제의 나보다 나은 오늘의 삶을 살아라.
2. 천재는 규칙을 만드는 사람이다: 강요에 의한 도덕이 아닌 자신을 관철한 도덕을 세워라.
3. 욕망을 드러내라: 쾌락에서 도망치지 말고 욕망을 관리하는 주인의 도덕을 가져라.
4. 그들이 말하는 특권층에서 소외되지 말고 자기 자신을 긍정하라.

열정에 기름붓기

시기를 놓쳤다는 것

‘시기를 놓쳐버렸어.’
‘지금이 아니면 영영 안 될 것 같아.’

사실 그런 건 없다.
그러한 생각이 있을 뿐.

현재 영국에서 축구 선수로 활약하
고 있는 리키 램버트Rickie Lambert.

그는 어린 시절 명문 구단인 리버풀
유소년 팀에서 축구를 시작했다.

하지만 두각을 나타내지 못해
열다섯 살에 방출당하고,
이후 입단한 2부 리그 팀에서도
이렇다 할 성적을 내지 못해 쫓겨난다.

이후, 그는 작은 공장에 취직하여
일을 하면서도

축구를 포기하지 않았고,
최하위 리그에서부터 다시 시작
하기로 마음먹는다.

그렇게 차근차근 자신의 가치를
증명해갔고

마침내 서른한 살의 나이로
잉글랜드 국가 대표 공격수가 된다.

그리고 17년 만에
그가 오랫동안 꿈꿔온 '리버풀'에서 다시 뛸 수 있게 되었다.

물론 꿈을 이루는 데
'적절한 시기' 는 중요하다.

하지만 그 시기를 놓쳤을 때, 혹은 남보다 조금 늦을 때
'더 이상은 힘들 거야' 라는 생각이
당신을 더 힘들게 만드는 것이다.

시기를 놓친 사람들이 성공하지 못하는 상황은 대체로 그런 것일 뿐,
절대적인 것은 아니다.

당신이
시기를 놓쳤다고 해서,
가능성까지 놓친 것은 아니다.

14

열정에 기름붓기

나는 꿈이 없다

일곱 살 때 최고의 피겨스케이터를 꿈꾼 김연아.

열 살 때 평등한 세상을 만드는 대통령이 되겠다고 다짐한
미국 최초의 흑인대통령 버락 오바마Barack Obama.

어릴 적부터 확고한 꿈을 발견하고,
달려와 꿈을 이룬 사람들….

그들을 보고 나는 조급해진다.
"난 뭐하고 있는 거지?", "삽질하고 있는 건가?"

어딜 가나 꿈이 무엇인지 묻고 답하는 것은 일상이 되었고,
대답하지 못하는 자에게 돌아오는 반응은 싸늘하다.

“넌 열정이 없어”, “미래가 없어.”

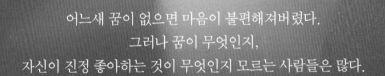

어느새 꿈이 없으면 마음이 불편해져버렸다.
그러나 꿈이 무엇인지,
자신이 진정 좋아하는 것이 무엇인지 모르는 사람들은 많다.

여기, 세상에 당당히 외칠 만한
인생의 목표가 없던 한 청년이 있다.

모든 면에서 뛰어난 형에게 열등감을 느끼며 자랐고
대학에서는 성적 부진으로 퇴학당했으며
이후 일관된 방향성 없이 호텔 보조주방장, 농부,
오븐 방문판매원으로 일하며 살아왔다.

그러다 오븐 판매량을 늘릴 목적으로 광고대행사에
직접 만든 세일즈 가이드북을 보내면서 광고 세계에 입문했다.
훗날 〈포춘〉지는 그가 작성한 이 세일즈 가이드북을
'역사상 최고의 판매교본'이라 평하기도 하였다.

39세
어찌 보면 늦은 나이에 광고를 시작한 그는
현대광고의 아버지라 불리는 '네이비드 오길비David Ogilvy'이다.

명확한 꿈도, 원대한 목표도 없었지만
순간순간을 성실히 즐겼던 오길비는
점처럼 모인 기회들을 통해 마침내 자신의 꿈을 찾았다.

일찍이 자신의 꿈을 알고 달려가는 것은 좋다.
그러나 꿈을 빨리 찾아야만 성공하는 것은 아니다.

마찬가지로, 꿈이 없다고 해서 열정이 없는 것은 아니다.
꿈이 무엇이냐는 질문에 주눅 들지 마라.

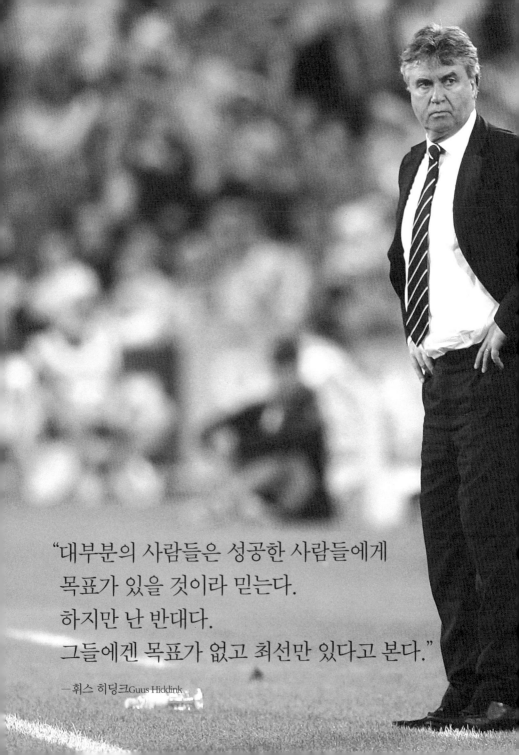

"대부분의 사람들은 성공한 사람들에게
목표가 있을 것이라 믿는다.
하지만 난 반대다.
그들에겐 목표가 없고 최선만 있다고 본다."

— 휘스 히딩크Guus Hiddink

성공하는 데
정답이 있는지

성공하는 방법?

잘 모르겠다.
열심히 한다고 다 되진 않는 것 같다.

열정도 쏟아야 하고, 운도 따라야 하고,
맹목적인 갈망도 있어야 한다.

성공한 사람마다 외치는 방법론은 무수히 많고 또 다르다.

누구는 철저히 계획을 세우라 하고,
누구는 계획보다는 실천이 중요하다 한다.

솔직히 말해, 성공하는 데 정답이 있는 건지 잘 모르겠다.

하지만 성공을 하든 못하든
그 결과에 대해 '후회하지 않는 방법' 은 단 하나다.

바로 자기 자신을 속이지 않는 것.

어떠한 일을 할 때
자신이 좋아하는 일이라고 속이거나,
최선을 다하고 있다고 속이거나,
괜찮지 않은데 괜찮다고 속인다면

실패했을 때 오는 후회는 엄청날 것이다.

결과가 어찌 되든 적어도 후회만큼은 하고 싶지 않다면
정말 좋아서 하고 있는지, 아니면 다른 이유가 있는지,
또 최선을 다하고 있는 건 맞는지
잘 생각해봐라.

영국의 시인 P. J. 베일리Philip James Bailey는 이렇게 말했다.

"자기 자신을 속이는 것은
거짓 중에 최악의 거짓이다."

열정에 기름붓기

저급한 평가

"만화를 따라 하는 유치한 그림체는 좋은 그림체가 아니다."
"그런 그림은 아무도 인정해주지 않는단다."
"애들아, 이런 식으로 그리면 안 된다."

집에서도, 학교에서도 저급한 평가를 받았던 그림의 주인공은
현재 일본 애니메이션계의 거장 '미야자키 하야오宮崎駿' 다.

"나는 바보 천치 아들을 두었어."
"저 아이를 교육시키는 건 불가능해."

아버지와 삼촌으로부터 이런 말을 들으며 자란 아이는

위대한 조각가 '오귀스트 로댕Auguste Rodin'이다.

"회의에 방해만 되니 나가 있어라."
"네 적성에는 맞지 않는 일이다."

신입사원 시절 이런 이유로 왕따를 당했던 사람은

오늘날 대한민국
최고의 광고인이라 불리는 '박웅현' 이다.

그들은 모두 '저급한 평가'의 주인공이었다.
우리도 때로 누군가로부터 저급한 평가를 받는다.

내가 쓴 글이 무시당할 때도 있고, 나의 생각이 무시당할 때도 있다.
심지어는 내 꿈 자체가 무시당할 때도 있다.

하지만 저급한 평가를 받았다고 무너져서는 안 된다.

미야자키 하야오가 거기서 무너졌다면
〈이웃집 토토로〉는 없었다.

로댕이 거기서 무너졌다면 〈생각하는 사람〉은 없었다.

회사에서 지진아로 찍혀 일이 주어지지 않았을 때를
오히려 자기 공부의 기회로 삼았던 박웅현은 이렇게 말했다.

"제일 중요한 건 자존이라고 생각한다.
너 자신이 되라."

저급한 평가는 있어도,
저급한 열정은 없다.
타인의 평가에 열정을 꺾이지 마라.

열정에 기름붓기

청춘들의 오해

"하고 싶은 일이 무엇인지 모르겠어요."

한창 꿈을 꾸고 가슴 뛰어야 할 나이 20대.
수많은 청춘들이 꿈이 없다는 고민을 한다.

그 이유는 꿈을 찾는 방법을 오해하고 있기 때문이다.

'로먼 크르즈나릭Roman Krznaric'은
자신의 저서 《인생학교: 일》에서
천직을 찾는 법에 대해 이야기한다.

"많은 사람들이 아무것도 해보지 않고
고민을 통해 꿈을 찾으려 한다.

머릿속으로 고민만 해서 얻은 답은 '이상형'과 같다.
이상형에 딱 맞는 사람은 찾기도 어려울뿐더러,
찾더라도 상상과는 다를 수 있다."

이성도 많이 만나보고 겪어봐야
자기에게 맞는 사람을 알아갈 수 있듯

'일'도 무수히 많은 분야를 경험해봐야
자기에게 맞는 일을 찾아갈 수 있다.

그런데 고민으로만 꿈을 찾으려 하니 어려운 것이다.
그래서 이렇게 생각한다.
'꿈이 뭔지 모르겠으니, 일단 뒤처지지 않기 위해 스펙부터 쌓아보자.'

하지만 청춘은 뒤처지지 않기 위해 막연히
스펙을 쌓을 시기가 아니라
자기의 꿈을 찾기 위해 다양한 경험을 해야 하는 시기다.

고민을 하는 것도 중요하지만
경험 없는 고민은 연애를 글로 배우는 것과 같다.
꿈을 찾고 싶다면, 일단 무엇이든 해봐라.
당신이 깊게 몰입할 수 있는 무언가를 찾을 때까지.

청춘은 자기 자신을 판단하는 시기가 아니라,
끊임없이 실험하는 시기다.

"먼저 행동하고 나중에 고민하라.
우리는 자신의 내면을 들여다보는 것이 아니라,
현실에서 시험함으로써 자신에 대해 배운다.
자기 성찰은 나중에,
새로 들여다볼 것이 생겼을 때 하는 것이 가장 좋다."

―《인생학교 : 일》 중에서

18

직선형 계획의 오류

페이스북의 COO(최고운영책임자)
셰릴 샌드버그Sheryl Sandberg는 주변으로부터
늘 이런 질문을 받는다고 한다.

"당신은 어떻게 미래를 계획해서 살아왔나요?"

그녀는 대답한다.
"저는 미리 계획하지 않았습니다."

많은 사람들이 꿈을 이루기 위해 계획을 세우곤 한다.
그런데 종종 그 계획에 집착해 문제가 생기는 경우가 있다.

계획을 세우는 데 지나치게 많은 시간을 보내거나,
계획이 틀어졌을 때 쉽게 무너지고 방향을 잃곤 한다.

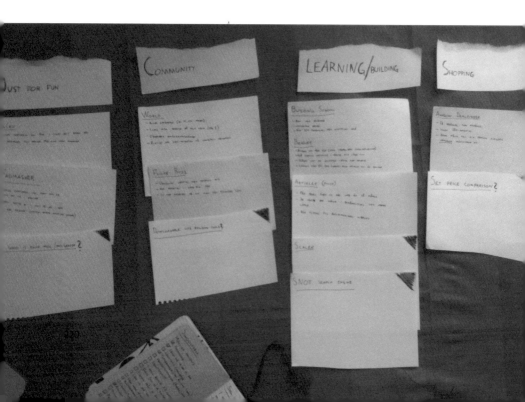

그것은 경력들을 마치 단계별로
올라가야 할 사다리처럼 생각하기 때문이다.

셰릴 샌드버그는 이렇게 말한다.
"경력은 사다리가 아니라 정글짐이다."

어떤 꿈에 다다르기 위한 길은 하나만 있는 것이 아니며,
마치 정글짐처럼
모든 경력과 경험들은 어떻게든 얽히고설켜 있다.

때문에 당신이
모든 것을 예측하기란 불가능에 가깝고,
직선형 계획에는 오류가 생길 수밖에 없다.

그러니 지나치게 계획에 집착하지 말고,
일단 무엇이든 할 수 있는 일을 해봐라.

뚜렷한 목표만 있다면,
어떠한 길로든 정상에 다다르게 될 것이다.

"수백 번의 이상적인
생각보다 한 번의
실행이 변화의 시작이다."

－셰릴 샌드버그

저항이 없는 열정은 신선한 먹이나 될 뿐이다!

철학자 고병권

'나나니' 라는 이름의 벌이 있다. 곤충학자가 아니라면 무척 생소한 이름일 터인데, 중국에서는 이 벌의 생태와 관련된 몇 가지 민담이 있을 정도라고 한다. 이 벌은 산란기에 제 몸보다 큰 파란벌레를 물고 가는데 이것이 사람들의 상상력을 자극했던 모양이다. 사람들은 자식을 낳지 못하는 나나니벌이 파란벌레를 양자로 삼는다는 식의 이야기를 만들어냈다.

하지만 과학은 역시 싸늘하다. 생물학자들은 종을 넘어 양자를 입양하는 이 눈물겨운 가족드라마에 찬물을 끼얹는 사실을 알아냈다. 파란벌레는 나나니벌의 양자가 아니라 먹이었다. 나나니벌은 침으로 파란벌레의 운동신경을 찔러 마비시킨다. 그 침술이 어찌나 놀라운지 침을 맞은 벌레는 죽지는 않지만 살아 있다고도 볼 수 없는 그런 상태가 된다고 한다. 나나니벌은 이렇게 마비된 벌레를 둥지로 옮기고 알을 낳는다. 그러면 나중에 부화한 새끼는 어미가 선사해놓은 신선하면서도 저항력을 상실한 먹이를 발견한다.

중국 작가 루쉰은 나나니벌의 침술이야말로 통치자들에게 황금세계를 가져다줄 무기일 것이라고 했다. "권세에 복종하려면 살지 말아야 하고 진수성찬을 바치려면 죽지 말아야 한다. 지배당하려면 살지 말아야 하고 지배하는 자를 공양하려면 죽지 말아야 한다." 살아 있지만 실상은 살아 있지 않아야 하고, 죽어 있지만 정말로 죽어서는 안 되는 백성, 그것이 통치자들이 원하는 백성이라는 말이다. 그러니까 열정만으로는 안 된다! 내가 나나니벌 이야기를 꺼낸 것은 이 한마디를 하기 위해서다. 저항이 없는 열정으로는 기껏해야 권력자들의 신선한 먹이나 될 뿐이다. 물론 냉소적으로 말라비틀어지는 것보다야 열정적으로 불타는 편이 나을지 모르겠다. 그리고 어떤 때는 자신조차 땔감으로 써야 할 때가 분명히 있다. 하지만 우리는 물어야 한다. 내가 무엇을 위한 땔감인지 말이다. 주인의 농장 바깥을 생각해본 적이 없는 노예는 분노의 불길이 십 리에 이른다 해도 헛간의 마른풀이나 활활 태울 뿐이다. 루쉰을 한 번 더 인용하자면, 비겁한 자는 분노를 해도 저보다 약한 '애들한테 눈이나 부라리는 데' 쓴다. 창조성이라는 것도 그렇다. 노예가 발휘하는 창조성이란 주인에게 칭찬받을 잔머리만을 키운다. 노예는 그 영리함을 주인에게 한 뼘 다가가는 데 쓰는 것이다. 그러니 내 열정의 토양이 노예적이라면 분노도 재치도 결국 노예적인 것이 되고 만다.

내가 소위 자기계발서의 아름다운 말들을 신뢰하지 않는 이유가 여기에 있다. 꿈도 좋고 열정도 좋은데 저항이 없다. 그러니 그 꿈과 열정이 비록 우레와 같은 소리를 내기는 하지만 궤도에서 한 치도 이탈하지 못한 채 바퀴만 열나게 돌리는 증기가 될 뿐이다. 자기계발서의 말들이 젊은이들에게 건네는 훈계란 이런 것이다. '주인이 너를 찾지 않는 이유는 네가 신선하지 않기 때문이다.' 우리들의 노예는 여기서 하나의 살길을 찾는데 '그러니 나는 신선한 존재가 되겠다'는 식의 다짐이 그것이다. 불행히도 지금 우리 사회는 튀어 보이기 위해 젊은이들이 별짓을 다해야 하는 사회가 되고 있다. 성공한 자들이 건네곤 하는 '통념을 깨라'는 말은 곰팡이 냄새가 난 지 오래되었다. '주인이 너를 찾지 않는 이유는 네가 신선하지 않기 때문이다' 이에 대해 우리들의 노예는 논리적이기는 하지만 서글픈 답변, '그렇다면 신선해지자'고 다짐했지만 우리들의 자유인은 달라야 한다. '주인이 나를 찾지 않는 이유는 나에게 주인이 없기 때문이다' 그런 길도 있다.

현실에서 인정받으려고 슬픈 광대짓을 할 수도 있지만 묵묵히 자신이 인정할 만한 현실을 만드는 싸움을 할 수도 있다. 한 방울의 피도 소중히 하라던 루쉰의 말처럼, 나는 한 방울의 기름도 헛되이 쓰고 싶지 않다. 내게 한 방울의 기름이 있다면 나는 그것을 자유인들의 열정에 더하고 싶다. 스티브 잡스나 마크 저커버그를 향해서 맹렬히 불을 때는 젊은이들(이들은 너무 많고 이미 수억 배럴의 기름이 여기에 쏟아 부어지고 있다. 화마에 부디 목숨을 잃지 않기를!)이 아니라, 오히려 포기를 몰랐던 한진중공업의 김진숙이나 쌍용자동차의 이창근에게서 현실을 바꿀 열정을 본 이들, 그들의 용기와 악착, 재치를 보며 스스로를 동류로 자각한 젊은이들에게, 내 한 방울의 기름을 더해주고 싶다.

19

가장 비겁한 사람

세상에서 가장 부러운 사람은
꿈이 있는 사람이다.

세상에서 가장 멍청한 사람은
꿈이 있는데 실천하지 않는 사람이다.

남들은 가슴 뛰는 일이 뭔지 몰라 고민하는 마당에
스스로를 가슴 뛰게 하는 일이 있으면서도 하지 않는다.

드러머이자 크리에이티브 디렉터
Creative Director인 남궁연은 이렇게
말한다.

"대부분의 청춘들이 도전하지 않는 진짜 이유는
실패가 두려워서가 아니다. 실패가 부끄러워서이다."

이는 용기를 내지 못하는 개인만의 문제가 아니다.
남들과 조금 다른 길을 가겠다고 하면
대부분의 사람들은 "철이 없구나. 현실을 직시해야지"라고 말한다.

이런 말을 들으면서까지 도전했다 실패하면
비웃음을 살 게 뻔하니, 그것이 두려운 것이다.

하지만 이상하다.

어차피 아직 일어나지 않은 일인 것은 마찬가진데
무엇이 현실이고, 무엇이 허황된 것인가.
그들은 현실적인 것이 아니라 비관적인 것이다.

세상에서 가장 비겁한 사람은 남의 꿈을 꺾는 사람이다.

자신도 도전이 두려워 현실에 안주하면서
현실적으로 생각하는 게 철이라도 든 양
이야기하는 그들이야말로 가장 비겁한 사람이다.

비겁한 사람의 말에
기죽어 멍청한 사람이 되지 마라.
꿈이 있는 당신이
가장 부러운 사람이다.

열정에 기름붓기

열정은 있는데 하고 싶은 일을 모르겠다

"열정은 넘치는데 내가 하고 싶은 게 뭔지 모르겠어.
그래서 의욕이 안 생겨."

"1년만 젊었어도 이것저것 해보겠는데
이젠 현실적으로 생각해야 되잖아. 어쩔 수 없는 거지."

"야, 이런 얘기 그만하고 술이나 더 먹자. 분위기 전환해."

그날 난 2차, 3차까지 간 뒤 잔뜩 취해 잠이 들었다.
다음 날 숙취 탓에 정신을 차릴 수 없었다.
'어제 술을 너무 먹었나, 다 귀찮네.
오늘은 이만하고 집에 가서 일찍 자야겠다.'

하지만 집에 가는 길, 한잔 더 하고 푹 자라는
친구 녀석의 제안에 그날 저녁도 술에 취해 잠들었다.

그 시절 하고 싶은 일을 찾지 못해 항상 무기력했던
나는 뒤늦게야 깨달을 수 있었다.

나에게 없었던 건 '하고 싶은 일' 이 아니라
'최선을 다하는 일' 이었다는 걸….

'하고 싶은 일을 모르겠다' 라는 말은 무서운 말이다.
열정을 죽이고 의욕을 상실하게 만든다.

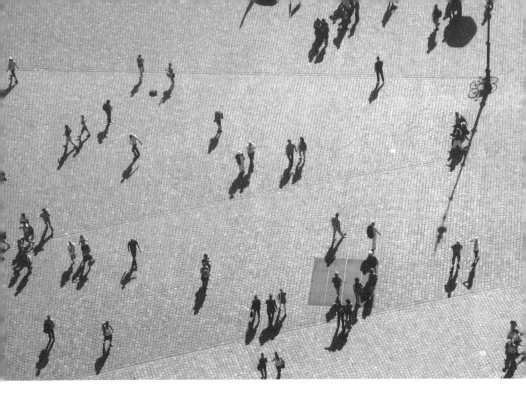

그런데 정말 그것 때문인가?
정말 하고 싶은 일을 찾지 못해 당신은 무기력한 것인가?

주변을 한번 둘러보자.

우리 주변에 정말 본인이 하고 싶은 일이 무엇인지,
자기가 가야 할 길이 어딘지 확실히 알고 있는 사람이 몇이나 되는지.

그리고 하고 싶은 일을 찾지 못한 이들이
모두 무기력하고 열정이 없어 보이는지.

객관적으로 생각해보자.
지금 해야 할 일이라도 제대로 하고 있는지.
지금껏 무엇 하나 최선을 다해본 적은 있었는지.

최선을 다해본 적도 없으면서
"적성에 안 맞아 못하겠어"라고 얘기하던가
매일 밤 술 마시기 바쁘면서
"우리 나이엔 현실적으로 생각해야지"라고 말하진 않았는지.
혹시 "하고 싶은 일을 모르겠다"라는 핑계로
당신의 나약함을 합리화하진 않았는지.

기억하자.
모든 일의 시작은 하루하루 최선을 다하는 것으로부터 출발한다.

"당신이 할 수 있는
최선을 세상에 주어라,
그러면 최선의 것이 돌아올 것이다

—매들린 S. 브리지스Madeline S. Bridges

21

열정에 기름붓기

놓쳐버린
것들에 대하여

우리는 살면서 많은 것을 놓친다.

좋은 이성을 놓칠 때도 있고,
친구의 사소한 서운함을 놓칠 때도 있고,
때론 인생의 중요한 기회를 놓쳐버릴 때도 있다.

해질 무렵, 놓쳐버린 것들이 문득 떠오를 때
우린 커다란 공허함을 느끼며 지금까지 해온 일들에 대한
회의감에 젖곤 한다.

'유득유실有得有失'

흔히 얻는 게 있으면 잃는 게 있다고 한다.
맞는 말이다.
시간과 능력은 한정되어 있고, 모든 걸 가질 순 없다.

상황에 따라 우선순위는 바뀔 수 있고
여러 가지 중 하나만 택해야 하는 상황에 직면할 수도 있고

선택한 것을 제외한
나머지를 잃을 수도 있다.

이러한 과정에서 무언가 잃어버린 듯한 상실감은 피할 수 없으며
당신은 괴로울 수 있다.

하지만 때때로 떠오르는 지나간 일들
놓쳐버린 것에 대한 상실감에 휩싸여
무너지고 만다면,

당신은 정말 모든 것을 잃어버릴 수 있다.

모든 걸 얻을 수는 없다.
하지만 명심해야 한다.
놓쳐버린 것들이
날 괴롭힌다고 해서,
당신이 모든 걸 잃은 것은 아니다.

22

열정에 기름붓기

포기할 이유

미국 디트로이트에 소재한
고등학교 졸업식 축사에서 한 남자가 말했다.

"여러분 제 손을 보세요.
저는 이 손을 수술하는 데만 쓰지 않았어요.
어렸을 때, 사람을 죽이려 했습니다."

그는 존스홉킨스 대학병원의 신경외과 의사이자
최연소 소아신경외과장인 벤 카슨Ben Carson이다.

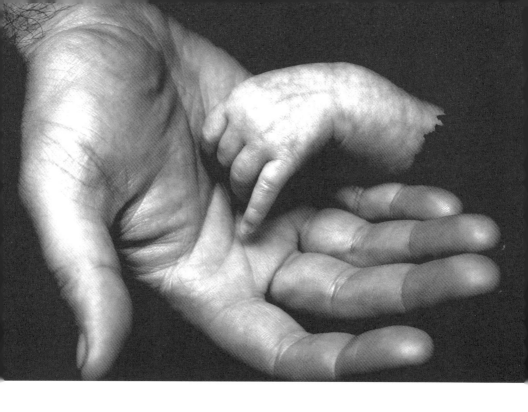

가망이 없다고 판결받은 네 살 된 악성뇌염환자 수술
하루 120회씩 발작을 일으키는 아기의 뇌수술
머리가 하나로 붙어 태어난 샴쌍둥이 분리수술 등

수많은 의사들이 거부한 수술을 성공시킨 그는
'신의 손' 이라는 칭호를 얻었다.

그러나 그에 걸맞지 않는 어두운 과거.

디트로이트 빈민가에서 태어난 벤 카슨은
어린 시절 부모님의 이혼으로 아버지 없이 어머니 손에서 자랐다.
초등학교 5학년 때까지 구구단을 외우지 못한 지진아였고
동네에서 싸움질을 일삼는 불량배였다.

가난한 바닥 인생, 떠나버린 아버지에 대한 불만으로
가득 찬 그의 치명적인 단점

'들끓는 분노'

어느 날 친구와의 싸움에서 분노를 이기지 못해 휘두른 칼이
허리띠의 금속 버클에 걸려 부러지지 않았다면
그는 범죄자가 되었을 것이다.

큰 충격에 휩싸여 집으로 돌아온 벤은
오랜 시간 욕실에 몸을 숨기고 다짐했다.
"나부터 변하지 않으면, 아무것도 변하지 않을 거야."

어머니의 끊임없는 격려와 본인의 강한 의지로
그는 조금씩 변하기 시작했고
그때의 다짐으로 지금은 수많은 생명을 구하는 의사가 되었다.

벤 카슨은 한 기자와의 인터뷰에서 말했다.

"결국 결정은 자신이 하는 것임을 깨달았습니다.
그 결정에 얼마만큼의 에너지를 쏟을지도요.
그때부터 가난을 싫어하지 않았어요.
제가 바꿀 수 있다고 생각했기 때문이죠."

당신 앞에 놓인 장애물을 '장벽'으로만 본다면
그것은 당신의 실패를 위한 변명이 될 것이고

그것을 '허들'로 본다면 다음 단계를 위해
기꺼이 당신을 단련시켜줄 것이다.

"성공한 사람들이
문제가 없는 건 아니다.
다만 그들은 그 무엇도
자신의 꿈을 멈출 수 없다고
믿는다."

—벤 카슨

열정에 기름붓기

나는 내성적이다

하루에도 여러 번 자신을 표현해야 하는 순간들
하지만 묵묵히 입을 닫은 채 말을 하지 못한다.

이후에 찾아오는 자기 비하의 시간.
'나는 왜 이렇게 내성적일까….

나도 남들처럼 표현도 잘하고, 말도 잘하는
외향적인 사람으로 바뀌고 싶다.'

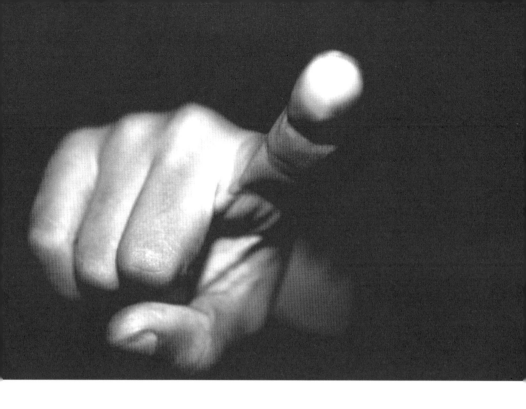

현대사회는 외향적인 성격을 강요한다.
또한 그것이 성공의 미덕인 것처럼 강조한다.

"적극적이지 못하면 경쟁 사회에서 살아남을 수 없어!"
이런 말을 들을 때면 자신의 내향적인 성격이 싫어지고
어떤 사람들은 외향적인 성격을 갖기 위해 노력한다.

하지만 피에로 분장을 한 것처럼 어색하기만 하다.
정말 내향적인 성격은 외향적인 성격보다 가치가 없는 것일까?

《콰이어트》의 저자 수전 케인Susan Cain에 따르면
현대 교육 및 조직 활동은 외향적인 사람에 초점이 맞춰져 있지만
오히려 내향적인 사람만이 가지는 장점이 있다고 한다.

외향적인 사람들과 달리, 에너지가 내부로 향하기 때문에
조용히 책을 읽고, 글을 쓰고, 혼자 있는 것을 더 선호하는 그들은
뛰어난 욕망 조절 능력과 집중력을 보여준다.

이는 심리학자 카를 융Carl Gustav Jung도 주장했던 부분이다.

세계적인 갑부 워런 버핏Warren Buffett은 어려서부터
수줍음이 많고 사교성이 부족했지만

주변 환경에 영향을 받지 않는 자제력과 숙고를 통해
전설적인 투자의 귀재가 되었다.

애플의 공동 창업자인 스티브 워즈니악Steve Wozniak은
내성적인 성격 탓에 모든 모임에서 외톨이로 지냈지만

뛰어난 집중력과 특유의 섬세함으로
세계 최초의 PC를 만들게 되었다.

내향성이 자신의 분야에
집중할 수 있는 힘으로 작용한 것이다.

억지로 맞지 않는
옷을 입을 필요는 없다.
내성적인 성격은 단점이 아니다.
수많은 성격 중 하나일 뿐이다.

24

열정에 기름붓기

맞다, 불공평하다

"인생이란 결코 공평하지 않다. 이 사실에 익숙해져라."
—빌 게이츠Bill Gates

굳이 빌 게이츠가 말해주지 않아도
세상이 불공평하다는 건 우리 모두 알고 있다.
당장 주위를 둘러보아도 너무 쉽게 보이니까….

이런 불공평함 속에서 절망하고,
좌절하고 또 화가 나는 것은 당연하다.

수백 권의 자기계발서를 읽고,
여러 멘토들의 좋은 강연을 들어도
세상은 여전히 불공평하고,
당신이 처한 상황은 달라지지 않는다.

사실 세상의 어떤 글과 말도
당신의 인생을 바꿀 수는 없다.
있다면 그건, 마법이다.

그렇다면 왜 세상에는 이러한 글과 말을 통해
변화하는 사람도 존재하는 걸까? 마법인 걸까?

아니다. 그건 글과 말이 한 사람의 인생을 바꿀 수는 없어도
그 사람이 세상을 보는 '눈'은 바꿀 수 있기 때문이다.

인간은 시각 정보를 인지할 때
순전히 빛에 반사된 사물만을 보는 것이 아니라

살아오며 형성된 개인의 경험과 그 결과들로 만들어진
일종의 '색안경'을 끼고 세상을 본다.

'컵에 물이 반이나 남았네'
'컵에 물이 반밖에 남지 않았네' 라는
생각의 차이가 그 예라고 할 수 있다.

세상은 불공평하다.
하지만 똑같이 불공평한 상황에 놓였을 때
끊임없이 도전하는 사람의 눈에 보인 '불공평한 세상' 과
불평하는 사람 눈에 보인 '불공평한 세상' 은 분명히 다르다.

세상은 불공평하지만
불공평한 세상에서 무엇을 볼지는
당신에게 달렸다.

꿈을 노래하라

시인 장석주

헝가리 민중시인 아틸라 요제프(1905~1937)는 공장노동자인 아버지와 세탁부인 어머니 사이에서 태어났다. 집안 사정 때문에 여섯 살 때 한 가정에 위탁되었다가 다시 고아원에서 열세 살까지 보냈다. 제1차 세계대전이 터져 생활은 더욱 곤궁해진다. 식량배급소에서 식량을 받으려고 저녁 7시부터 다음 날 아침 7시 반까지 꼬박 밤을 새워 줄을 서기도 한다. 그때가 아홉 살 때다. 가난과 불운 속에서 청소년기를 보내지만 시를 포기하지 않았다. 부다페스트대학교 재학 시절 국립학생국제기금에 기금 신청을 하며 그동안 전전한 19개의 직업들을 적었다. 그중에는 신문 판매원, 선박 급사, 도로포장 노동자, 경리, 은행원, 책 판매원, 신문 배달원, 속기사, 타이피스트, 옥수수밭 경비원, 배달원, 웨이터 조수, 항만 노동자, 공사장 인부, 날품 노동자 등이 포함되어 있다.

그 뒤 신경쇠약으로 정신병원을 드나들기도 한다. 그럼에도 요제프는 꿈을 포기하지 않았기에 시인이 되었다. 그의 시는 헝가리 시의 역사를 새로 썼다는 높은 평가를 받았다. 왜 꿈을 꾸지 않는가? 꿈이 없다면, 인생에서 이룰 수 있는 것은 아무것도 없다. "걷지 않는 다리는 여위고 만다. 반면 숲을 걷는 영혼은 풍성해진다."(헨리 데이비드 소로) 현실이 다 꿈대로 되는 것은 아니지만, 꿈조차 없다면 우리 영혼을 짓누르는 현실의 압력은 꿈쩍도 하지 않는다. 그것은 내내 현실의 속박 속에서 노예로 살아야 한다는 뜻이다. 꿈을 꾼다는 것은 불가능을 가능으로 바꾸는 것, 불확실한 미래를 예측 가능하게 만드는 것이다.

인생의 난관과 불운에 대해 투덜거리지 마라. 대신 꿈을 꾸고, 희망에 대해 노래하라. 노르웨이의 위대한 국민시인 올라브 H. 하우게(1908~1994)는 이렇게 노래한다. "부드러운 건 모두/곰팡이와 벌레에게 포식당했다. / 단단하고, 질기고, 비뚤어진 것만이 / 남았다. 마디와 옹이가 / 아직 그를 지탱해준다."(《썩은 나무 등치》) 나무의 가장 부드러운 속살들이 곰팡이와 벌레들에게 가장 먼저 포식당한다. 단단하고, 질기고, 비뚤어진 것만이 오래 남는다. 인생의 마디와 옹이는 장애가 아니다. 그것들은 우리를 끝내 지탱해주는 힘이다. 우리는 나이를 먹어 늙는 것이 아니라 꿈을 포기하는 순간부터 늙기 시작한다. 꿈을 가진 사람은 늙지 않는다. 꿈이란 열정의 근거, 미래에 대한 의지, 희망의 원동력이다.

패션잡지 〈엘르〉의 편집장이던 장 도미니크 보비가 쓴 《잠수종과 나비》를 처음 읽었을 때 심장이 얼어붙는 듯했다. 그만큼 감동적이다. 그는 어느 날 갑자기 의식을 잃고 쓰러졌다. 깨어보니, 전신 마비상태. 그는 하루아침에 제 인

생의 모든 것을 잃었다. 그가 제 의지로 움직일 수 있는 것은 왼쪽 눈 하나뿐
이었다. 그는 '왼쪽 눈의 깜박임'만으로 책 한 권을 썼다. 1년 3개월 동안 왼
쪽 눈을 20만 번 깜박이며 일궈낸 업적이다. 그 기적이 가능할 수 있었던 것은
그가 단 하나 살아 있는 왼쪽 눈의 깜박임으로 책을 쓸 수 있다는 꿈을 포기하
지 않았기 때문이다. 더 자주 꿈을 노래하라. 우리 가슴속에서 싹을 내밀고 있
는 꿈에 작은 길을 내주자. 꿈꾸는 사람이라면, 다음과 같은 다섯 가지를 마음
에 새기는 게 좋다.

첫째, 남과 같기를 바라지 말고, 오직 나 자신이 되는 길을 걸어라. 저마다
태어난 조건, 정신적·신체적 능력이 다르다. 자신을 남과 비교하고 자신의 나
쁜 조건에 대해 탄식하고 실망하는 것은 어리석다. 인생에 전혀 도움이 되지
않는다. '나'는 내 인생의 목적이고 가치이자, 내 삶의 유일한 척도이다. 자신
이 아무리 초라하고 하찮다 하더라도 '나'를 부정하고 달아나는 것은 최악이
다. 남에게 인정받지 못했다고 실망하지 마라. 중요한 것은 '나'의 인생은
'나'만의 삶의 방식을 통해 완성된다는 점이다. 어쩌면 인생이란 '나에게로
가는 길'인지도 모른다. 무엇보다도 '자기다움'을 지키고, 자기에게 가장 알
맞은 속도로 뚜벅뚜벅 앞을 보고 걸어나가라.

둘째, 혼돈을 두려워 마라. 우주는 혼돈에서 나왔다. 혼돈이란 불확실성이
갑작스럽게 증가할 때 찾아온다. 그때가 모든 가능성의 문이 활짝 열리는 기
회의 순간이다. 사람이 혼돈을 두려워하는 것은 모든 규범과 척도가 사라지기
때문이다. 모든 것의 규범, 척도, 수단은 자기 자신에게서 찾아야 한다. 다시
말해 '나'는 그 모든 것의 '영점', 즉 '보편의 기준'이 되는 것이다. '나'를 믿
고 혼돈을 두려워하지 말고 그것과 맞서라.

셋째, 모르는 것을 부끄러워 마라. 겸손하게 무지를 받아들이라. 무지를 안다는 것, 무지의 자각은 곧 정신적 도약대가 될 수 있다. 그것을 딛고 힘차게 더 큰 지혜로, 더 넓은 세상으로 점핑할 수 있다. 자신의 무지에 대한 자각이 없다면 더 이상 발전도 없다. 그의 정신은 정체되고, 그 자리에 머무를 것이다.

넷째, 야성을 잃지 마라. 야성이란 우리가 타고난 바 천성이다. 문명이 야성에 덧씌운 습관과 도덕을 벗어던져라. 후천적으로 얻은 습관과 도덕이 야성을 길들이고 약하게 만든다. 그럴 때마다 몸의 소리, 무의식에서 울려나오는 목소리에 귀를 기울여라. 길을 잃었다고 생각하는 순간, 불안 속에서 방황하지 말고, 내 본성, 즉 야성의 감각이 이끄는 대로 가라.

다섯째, 자연에서 지혜를 찾아라. 자연은 위대하다. 자연 속에 무한한 지혜가 숨어 있다. 일이 안 풀릴 때 숲 속을 찾아가 무조건 걸어라. 혹은 바다에 찾아가 망망대해를 보며 포효를 해보라. 자연은 잃어버린 원기를 회복할 수 있도록 돕는다.

25

열정에 기름붓기

자물쇠 증후군

"난 무거운 잠수복에 갇힌 채
끝없는 심연으로 추락했다."

패션잡지 〈엘르〉의 편집장이자 저널리스트로 활동하던
장 도미니크 보비Jean Dominique Bauby.

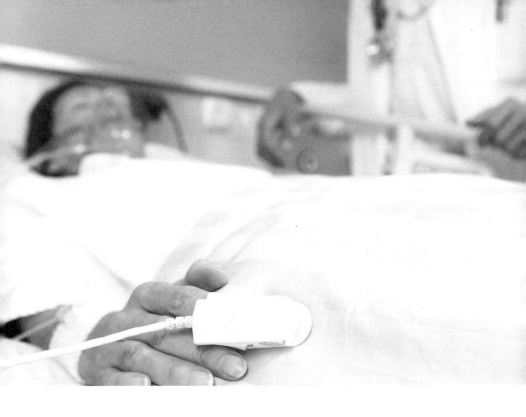

그는 아들과 연극을 보러 가던 중 갑작스럽게 의식을 잃었다.
깨어났을 때, 그는 두 눈을 제외한 모든 신체의 기능을 상실한 상태였다.

그에게 찾아온 불행. 자아와 자극 인지가 가능하지만
인체의 모든 기능이 정지하는 '자물쇠 증후군'.

잘나가던 저널리스트이던 그는 하루아침에 모든 것을 잃었고
유일하게 자유롭던 양쪽 눈 중
오른쪽 눈마저 염증으로 꿰매야만 했다.

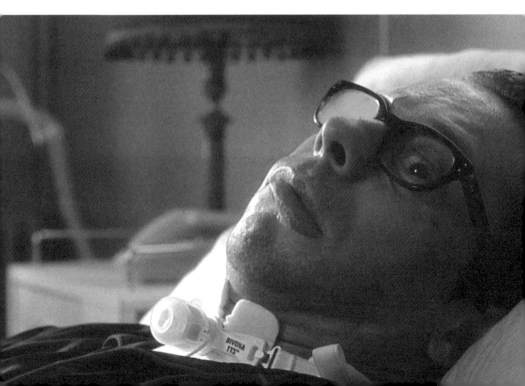

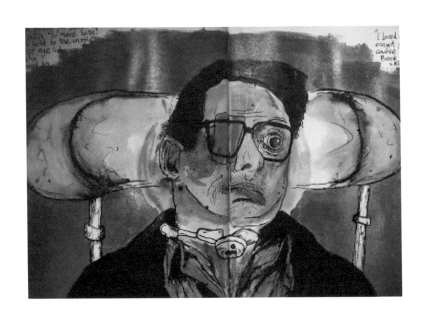

그에게 허락된 유일한 자유 '왼쪽 눈의 깜박임'.
눈을 깜박여 의사소통에 성공했을 때
그가 처음으로 전한 말은
"죽고 싶다" 였다.

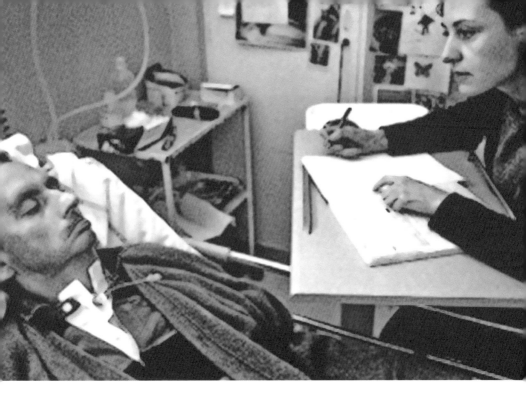

하지만 주변 사람들의 도움을 받으며
조금씩 삶에 희망을 가지기 시작했고
지루한 병실생활 속,
자신의 인생을 돌아보며 새로운 도전을 시작한다.

1년 3개월, 20만 번의 깜박임.

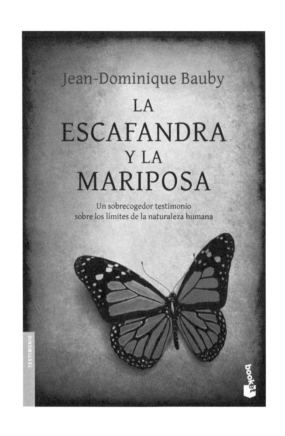

그렇게 나온 책《잠수종과 나비》.
그는 왼쪽 눈의 깜박임만을 가지고 책을 써냈다.

그는 단단하게 굳어버린 육체를 '잠수종' 으로
자신의 자유로운 정신을 '나비' 로 표현하며

절망하기보단 희망했고
자책하기보단 주어진 상황에서 최선을 다하려 했다.

그는 온 힘을 다해 써낸
책 한 권을 남긴 뒤
일주일이 되지 않아 세상을 떠났다.

우리는 살아가며 종종 견디기 힘든 고난을 마주하곤 한다.
그리고 그 고난을 극복하지 못한 채 좌절해버릴 때도 있다.

그럴 때, 전신 마비라는 극단적인 상황에서도
희망을 놓지 않은 그를 기억해보는 건 어떨까?

Stills by Etienne George/Courtesy of Miramax Film Corp./Pathé Pict

THE DIVING BELL
AND THE BUTTERFLY

보비는 사망 이틀 전 그의 책을 대필한 클로드에게 이렇게 말했다.

"이번엔 달리기 선수를
주제로 글을 써볼까?
혹시 알아?
그럼 내가 달리게 될지도 모르잖아."

26

열정에 기름붓기

하버드대학교에
입학한 노숙자

세상에는 많은 핑곗거리가 있다.

시간이 없다, 돈이 없다, 인맥이 없다….
그렇게 여러 '안 되는 이유' 에 대해 생각한다.
슬럼프는 누구에게나 찾아온다.

하지만 안 되는 이유보다 중요한 것은
단 한 가지, '하고 싶다는 열망' 이다.

미국의 카디자 윌리엄스Khadijah Williams는
차가운 쓰레기 더미 속에서 태어났다.

12년의 교육과정을 수료하는 동안
그녀는 무려 열두 번이나 학교를 옮겼고
모두가 그녀에게 이렇게 말했다.

"노숙자 주제에
대학은 꿈도 꾸지 마라."

하지만 그녀의 꿈은 대학에 들어가
자신과 가족의 운명을 바꾸는 것이었다.

길거리에서 주운 뉴욕의 모든 신문을 정독했고
새벽 4시에 일어나 등교하고, 밤 11시가 되어서야 돌아갔다.

자신의 운명을 바꾸기 위해
필사적으로 노력한 결과

그녀는 하버드대학교에 4년 장학생으로 입학하게 된다.
그리고 이제는 아무도 그녀를 노숙자라고 부르지 않는다.

그녀는 입학식 연설에서 이렇게 말했다.

"나는 사람들이 '노숙자니까 뭐' 라고
말하는 것이 너무나 싫었다.
그것을 내 인생의 변명거리로 만들고
싶지 않았다."

카디자 윌리엄스 하버드대학교 입학식 연설 전문

저의 어머니는 열네 살 때 차가운 쓰레기 더미 속에서 저를 출산하였습니다. 어머니와 전 뉴욕의 거리를 전전하며 무료급식소를 다니고, 쓰레기를 뒤지며 굶주림을 해소했습니다. 전 아무것도 모르고 그렇게 길거리에서 자랐습니다. 값싼 모텔과 노숙자쉼터를 찾는 일은 굉장히 드물었고, 대부분 차가운 길바닥과 냄새나는 뒷골목에서 생활하는 경우가 많았습니다. 제 집 주소는 언제나 뉴욕 어느 동네의 식당 뒷골목이었습니다. 그렇게 제 이름은 '노숙자'가 되어 있었습니다.

전 공부가 좋았습니다. 가진 것 없는 제가 그나마 남들과 같아지기 위해 한 권의 책을 더 읽고, 한 번 더 생각하는 방법을 택했습니다. 노숙자들이 모여 사는 텐트촌에서 어머니와 저는 두 모녀가 감수해야 할 위험하고, 불리한 여건을 참아내며 필사적으로 학교를 다녔습니다. 12학년을 다니는 동안 자그마치 열두 곳의 학교를 옮겨 다니며 공부해야 했습니다. 하지만 전 포기할 수 없었습니다. 한 달에 다섯 권의 책을 읽었고, 뉴욕의 모든 신문을 정독했습니다. 거리의 길바닥은 저에게 세상에서 가장 넓은 공부방이었습니다.

꿈이 생겼습니다. 대학에 들어가 나의 운명을 스스로 바꾸는 꿈. 우리 가족이 더 이상 남들의 비웃음 섞인 시선을 받지 않아도 되는 꿈. "노숙자 주제에 대학은 꿈도 꾸지 마라"며 사람들은 항상 같은 말을 했습니다. 저는 노숙자처럼 보이지 않기 위해 항상 머리를 단정하게 했고 옷도 언제나 깨끗하게 입었습니다. 이를 악물고 공부했습니다. 11학년이 되었을 때는 어머니께 이사를 하더라도 더 이상 학교는 옮기지 말아달라고 부탁했습니다. 대학에 가려면 저에 대해 잘 아는 선생님의 추천서가 꼭 필요했기 때문입니다. 그래서 저는 새벽 4시에 일어나 학교에 갔고, 밤 11시가 되어서야 돌아갔습니다. 4.0에 가까운 학점을 유지했고 토론 동아리, 육상부 등 다양한 학교 활동에도 참여했습니다. 모든 곳이 저에겐 배움의 장소였습니다.

이런 저에게 변화가 생기기 시작했습니다. 복지단체들이 장학금으로 저를 도와주기 시작했고 사회단체에서 절 지켜봐주었습니다. 절 믿는 사람들이 생긴 것입니다. 정말 최선을 다했습니다. 내 인생과 운명을 바꾸기 위해 앞만 보고 달렸습니다. 그리고 전 결국 브라운과 컬럼비아, 애머스트 등 미 전역의 20여 개 대학으로부터 합격 통지를 받았습니다.

"그녀를 합격시키지 않는다면 당신들은 제2의 미셸 오바마를 놓치는 실수를 하는 겁니다."

카디자 윌리엄스! 노숙자였던 저는 지금 하버드의 4년 장학생입니다. 전 제 자신이 똑똑하다는 것에 언제나 자신감을 가졌습니다. 남들이 "노숙자니까 그래도 돼"라고 말하는 걸 너무나도 싫어하니까요. 전 가난이 결코 변명거리가 되지 못한다고 생각합니다. 제 이름은 카디자 윌리엄스입니다. 더 이상 사람들은 저를 노숙자라고 부르지 않습니다.

열정에 기름붓기

성공한
리더들의 비밀

"당신은 지금 '무엇을' 하고 있는가?"

학교에 다니거나, 직장에 다니거나
영어 공부를 하거나 또 누구는 자격증 취득을 준비 중일 수도 있다.

"그렇다면 당신은 '어떻게' 하고 있는가?"

당당하게 열심히 하고 있다는 사람도 있을 테고
구체적인 실행 계획을 말하는 사람도 있을 것이다.
하지만 몇몇은 여기에 잘 대답하지 못한다.

"그렇다면 당신은 '왜' 하고 있는가?"

Why?

여기서 '왜'는 단순히 돈을 벌기 위해서와 같은
표면적인 것이 아니다. 지금 하고 있는 일을
자신의 어떠한 신념 때문에 하고 있냐는 것이다.

아마도 거의 대부분이 답하지 못할 것이다.
그것이 바로 성공한 리더들과의 차이이다.

《나는 왜 이 일을 하는가?》의 작가이자 유명한 스타 강사인
사이먼 시넥Simon Sinek은 실제 성공한 리더들을 연구해
그들에게 숨어 있는 위대한 사실을 발견했는데

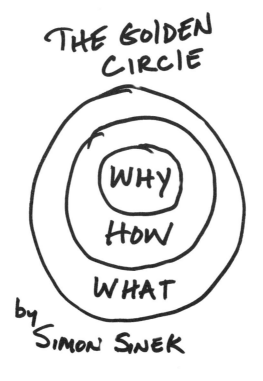

바로 '골든 서클' 이다.

보통 사람들은 모두 밖에서 안으로 사고한다.
무엇을 어떻게 하는지는 알지만, 왜 하고 있는지는 모른다.

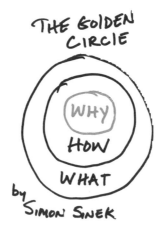

하지만 골든 서클의 비밀은 'Why'에 숨어 있다.

예를 들어보자. '애플Apple' 은 컴퓨터 회사다.
다른 컴퓨터 회사와 크게 다를 것도 없다.

하지만 왜 사람들은 애플의 제품을 사기 위해
하루 종일 줄을 서는 것일까?

대부분의 컴퓨터 회사는 이렇게 말한다.

"저희는 컴퓨터를 만듭니다.(what)
저희 컴퓨터는 성능과 디자인이 뛰어납니다.(how)
그러니 이 컴퓨터를 사세요."

하지만 애플은 이렇게 말한다.

"저희가 하는 모든 것은 세상을 변화시킬 것입니다.
(why)
그래서 저희는 성능,
디자인 모든 것이 남들과 다르고 뛰어납니다.
(how)
결국 완벽한 컴퓨터를 만들었습니다.
(what)"

사람들은 컴퓨터 회사인 애플이 mp3를 만들든
스마트폰을 만들든 애플이기 때문에 산다.

마케팅 얘기를 하려는 것이 아니다.
개인이든 회사든 모두에게 적용된다.
위대한 리더들은 'why' 부터 이야기한다.

정말로 사람들을 움직이는 것은
당신이 하는 일(what)과 계획(how)이 아니라
당신이 믿는 신념(why)이다.

그러니 확실히 하자. 공모전을 준비하든, 대외 활동을 하든
어학연수를 가든 가장 중요한 점은 자신이 그것을
'왜' 하고 있는지 알아야 한다는 것이다.

자, 다시 한 번 묻겠다.
"당신은 지금
'왜' 하고 있는가?"

28

열정에 기름붓기

무한 긍정이라는 것

이집트 문명 발달의 중요한 요인은
나일강의 잦은 범람이었다.

극동 문명 발달의 중요한 요인은
끊임없는 침략과 전쟁이었다.

자연재해에 대한 두려움이 과학기술의 발달을 이끌었고,
전쟁에 대한 두려움이 군사력 증강으로 이어졌다.

실제로 자연재해와 침략의 걱정이 없던 많은 문명들이
갑작스럽게 찾아온 위기를 극복하지 못하고 쉽게 무너졌다.

외부로부터의 위기감이 없어
안일에 빠졌기 때문이다.

이것이 바로 20세기 최고의 역사학자
아널드 토인비Arnold Joseph Toynbee의
'도전과 응전'의 원리이다.

"적절한 위기감은 오히려 우리를 성장시키며,
안일은 그 성장을 가로막는다."

때문에 대기업의 CEO들이 회사가 잘나가고 있음에도
일부러 '위기론'을 끊임없이 언급하는 것이다.

그리고 이는 인간 개개인에게도 해당되는 말이다.

요즘 우리 사회는 지나치게 무한 긍정주의를 강요하고 있다.
'긍정'은 좋은 단어다.

하지만 아무것도 하지 않으면서 긍정적이기만 한 것은 좋지 않다.
잘 생각해봐라.

노력은 전혀 안 하는데 긍정적이기만 한 것은 아닌지
'괜찮다' 라는 자기 합리화에 빠져버린 것은 아닌지.

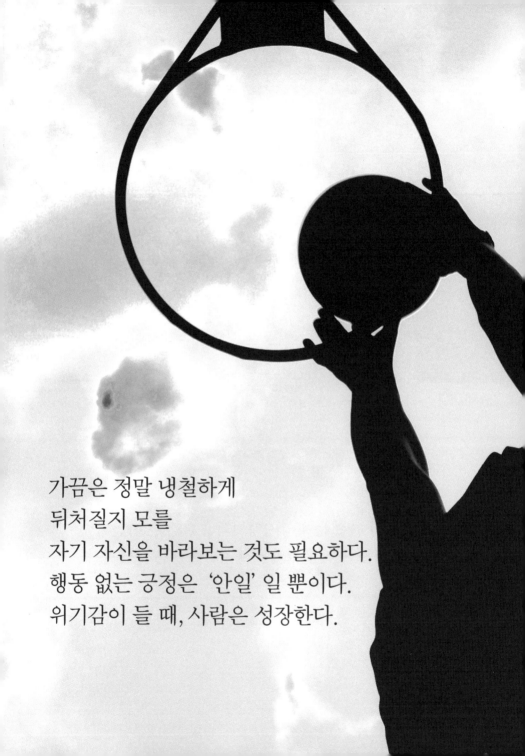

가끔은 정말 냉철하게
뒤처질지 모를
자기 자신을 바라보는 것도 필요하다.
행동 없는 긍정은 '안일' 일 뿐이다.
위기감이 들 때, 사람은 성장한다.

29

열정에 기름붓기

재능 스펙트럼

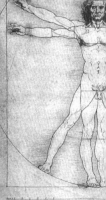

재능에 대해 말할 때 가장 먼저 떠오르는 건
'천재' 들의 이야기.

"천재들은 타고난 것부터 다르잖아…."
"머리가 엄청 좋겠지."
"나는 그냥 평범한 사람이야."
"천재들은 어렸을 때부터 달랐을 거야."
"평범한 사람이 천재를 따라가는 건 도저히 무리야."

우리는 무의식중에 믿고 있다.

사람들이 두뇌의 가능성을 IQ로만 판단하던 때
하버드대학교 교육대학원 교수 하워드 가드너Howard Gardner는
새로운 이론을 내세웠다.

"인간의 잠재 능력은
결코 한 가지 기준으로 측정할 수 없다."

다중지능

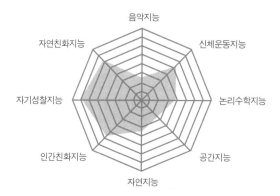

음악지능
자연친화지능
신체운동지능
자기성찰지능
논리수학지능
인간친화지능
공간지능
자연지능

"두뇌에서 담당하는 부위에 따라
지능은 여덟 가지로 분류된다.
개개인은 기본적으로 이 여덟 가지 지능을 갖고 태어나며
특정 분야에 뛰어날 순 있지만,
모든 것이 연결되어 있다."

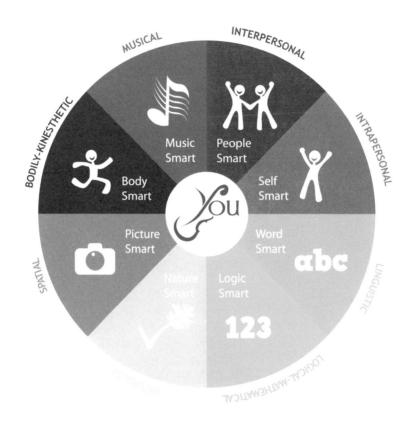

"여덟 가지 지능이 합쳐져
독특한 조합을 가진 단 한 사람을 형성한다."
그리고 사람은 각각의 지능을 적정 수준까지 계발할 수 있다.

이것이 오늘날 잘 알려진
'다중지능 이론multiple intelligences theory' 이며
25년간의 연구 성과를 총결산한 책이 《다중지능》이다.

아인슈타인, 빈센트 반 고흐는 탁월한 재능을 가졌다.
아인슈타인은 논리, 수학적으로
고흐는 공간적으로 탁월한 재능을 가졌다.

하지만 아인슈타인은 언어지능이 낮아 의사소통에 어려움이 있었고
고흐는 인간친화지능이 낮아 고립된 생활을 했다.

저마다 고유의 '재능 스펙트럼'이 존재하는 것이다.
한 가지 잣대로 재능이 없다거나 평범하다고 판단할 필요 없다.
남들의 재능과 비교할 필요도 없다.

성공한 사람들에게서 발견할 수 있는 공통점은
그들에게서 넘치는 원초적인 힘이 아니라
스스로 자신의 장점과 단점을 파악하고
그것을 계발하여 성공으로 바꾸는 능력이다.
재능은 당신에게 달려 있다.

"성공한 사람은 천재가 아니다.
평범한 자질을 가지고 있었을 뿐이다.
그러나 그 평범함을
비범하게 발전시킨 사람이다."

—프랭클린 루스벨트Franklin Roosevelt

30

열정에 기름붓기

5만
킬로그램의 무게

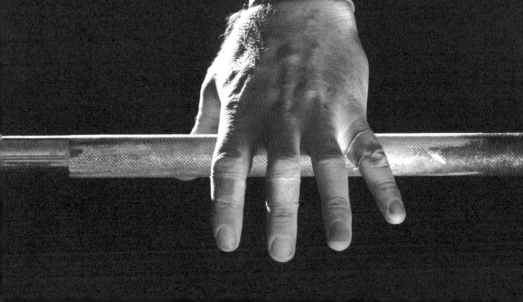

역도 선수가 거대한 역기 앞에 섰을 때
느끼는 중압감은 상상 이상이라고 한다.

확실한 자세와 역기를 들어 올릴 근력
그리고 이 역기를 들어 올릴 수 있다는 믿음.

이 세 가지가 완벽히 부합했을 때, 역도 선수는 역기를 들어 올린다.

역도 선수는 경기에 앞서 쉴 새 없이 연습하고
자신을 단련한 후 경기에 임하지만
거대한 역기를 마주했을 때, 역기를 들 수 있을지 없을지는
아무도 알 수 없다.

수없는 연습과 철저한 자기 관리에도
선수들은 역기를 들어 올리는 데 실패하곤 한다.

이를 해결하기 위한 방법은 더 많은 노력밖에 없다.

우리 역시 마찬가지이다.
우리는 살아가며 견디기 힘든 중대한 순간들을 마주하곤 한다.

그리고 수없이 무너진다. 다치고, 깨지고, 눈물 흘린다.

하지만 이러한 순간을 극복할 수 있는 방법은
더 많은 고통을 감내하며 노력하는 것뿐이다.

한국 여자 역도의 새 역사를 쓴 장미란 선수가
역도 세계신기록을 세우기 위해 들어 올린
무게는 하루 5만 킬로그램이었으며

다 큰 코끼리 한 마리의 무게는 약 3천 킬로그램으로 5만 킬로그램은 코끼리 열여섯 마리의 무게보다 더 나간다.

이는 하루에 열여섯 마리의
다 큰 코끼리를 들어 올린 것과 같은 무게다.

"인간의 잠재력은
힘이나 지능이 아니라
끈질긴 노력과 용기에 의해 드러난다."

—윈스턴 처칠Winston Churchill

저자 후기

나는 길을 걷다가도 문득 하고 싶은 일이 떠오르면 바로 노트에 적어두는 습관이 있다. 무엇을 먹어보고 싶다는 것부터 시작해서, 어떤 세상이 되었으면 좋겠다는 큰 꿈까지 모든 것이 적혀 있다. 그중 하나는 책을 써보고 싶다는 것이었다. 그리고 지금 나는 책에 들어갈 후기를 쓰고 있다. 내가 이런 습관을 들인 이유는 '하고 싶은 일'이 무엇인지 도저히 몰랐기 때문이다.

나는 하고 싶은 것도, 잘하는 것도 없는 지극히 불안한 청춘이었다. 청춘이라는 말이 부끄러울 정도로 젊음을 불태울 곳조차 찾지 못했다. 그래서 하고 싶은 일을 찾아 나시기로 했다. 그 방법은 조금이라도 끌리는 일이라면 일단 해보는 것. 어차피 고민만 한다고 꿈을 찾을 수 있는 것은 아니었기에 조급하게 찾을 이유도 없었다. 해봤다가 아니면, 다시 찾아보면 되는 것이다. 그렇게 하나둘 작게나마 끌리는 일들을 해나가다 보니 '하고 싶은 일을 찾아다니는 여정' 그 자체가 즐거웠다. 그래서 그때부터 조금이라도 해보고 싶은 일이 떠오르면 노트에 적어두는 습관이 생긴 것이다. 그런데 정말 신기하게도 내가 적어놓았던 것들이 한참 지나고 보면 조금씩 이루어지고 있었다. 하고 싶은 일을 찾고 싶어서 이것저것 해본 것인데, 이제 와서 돌아보니 하고 싶은 일들을 하나둘 이뤄가는 사람이 되어 있었다. 나는 아직도 여정에 있다. 꿈을 찾기 위한 여정이 아니라, 꿈을 이뤄가는 여정이다. 한 가지만은 확실히 배웠다. 꿈을 찾으려 하지 말고, 만들어나가려 해야 한다는 것이다. 나는 이 책을 '꿈이 없어 방황하는 사람들'이 읽었으면 좋겠다. 그리고 우리와 함께 꿈을 만들어가는 여행을 떠났으면 좋겠다. 꿈은 발견하는 것이 아니라, 발명하는 것이니까. 우리는 이미 꿈을 만들어가는 열기구에 타 있다.

—이재선

평범함이 두려웠다. 현실에 굴복하는 것 같았기 때문이다. 현실에 굴복한다는 건 꿈을 포기한다는 말로 들렸다. 나는 내 꿈에 대해 생각할 틈도 없이 불안감부터 느꼈다. 꿈과 현실의 괴리가 커지면 커질수록 길을 잃었다. 난 모두가 어렴풋이 가고 있는 방향으로 영문도 모른 채 따라가고 있었다. 같은 방향으로 가고 있는 사람들에게 우리가 어디로 가고 있는지에 대해 물어보아도 모두의 대답은 같았다. "무리가 가고 있기 때문에 가고 있다고, 이상하지만 어쩔 수 없다고…."

내 불안은 점점 더 커져만 갔다. 이대로 가다간 영영 이런 불안 속에서 살아갈 것 같았다. 그래서 멈추기로 결심했다. 그리고 모두를 멈춰 세워보기로 결심했다. 이상하다고 생각하고 있는데 아무도 멈추지 않는 건 더 이상한 거니까. 무리의 방향에 대해 물었을 때 들었던 대답들, '어쩔 수 없는 것 같아', '현실은 다르잖아' 라는 말이 근거하고 있는 실체에 대해 다 함께 의심해볼 필요가 있다고 생각했다. 그 실체는 무엇인 걸까. 안정? 돈? 사회적 지위? 그건 실체가 될 수 없는 것들이었다. '추구하는 삶의 가치' 에 따라 달라질 수 있는 부수적인 것들이었다. 하지만 그 실재하지 않는 실체들은 방향을 갈라놓았다. '꿈' 과 '현실' 을 양분해 같아질 수 없는 것처럼 보이게 만들었다. 현실은 꿈을 만들어가는 꿈의 과정임에도 불구하고 말이다. 꿈과 현실을 양분해 생각하는 걸 멈추니, 내가 살아온 '평범함' 을 두려워하지 않게 되었다. 불안과 두려움은 여전히 남아 있지만, 난 이제 조금씩 이것들을 정리해나가고 있다. '열정에 기름붓기' 는 내가 불안과 두려움을 없애는 방법이자 꿈이다. '열정에 기름붓기' 를 통해 난 나를 위한 글을 쓴다. 무리를 벗어나 달리기를 망설이는 수많은 평범한 사람들을 위한 글을 쓴다. 잘못된 건 고쳐져야 하고, 각자가 정한 올바른 가치는 최우선 순위가 되어야 한다. 난 이제 막 달리기를 다시 시작했다.

—표시형

어떤 상황에서도 이유를 잘 갖다 붙이는 나에게 답하기 어려운 질문이 들어오곤 한다. "열정에 기름붓기를 왜 하는 거야?" 그럴 때 난 "잘 모르겠어" 또는 "재미있기도 하고, 새로운 기회인 것도 같고"라며 말끝을 흐린다. 솔직히 "청춘들이 주체적인 삶을 살 수 있도록 동기부여를 주고 싶었어"라고 답하지는 못하겠다. 내가 열기의 일원이 된 건 일탈에 가까웠으니까. 외부 활동에서 인사만 주고받았던 재선이의 "열기는 하고 싶은 일을 하는 곳이야. 같이해보자!"라는 말에 흥미를 느껴서이기도 하고, 대학을 졸업하니 억지로 '취준생'이라는 타이틀을 얻어 고민만 하던 나 자신한테 염증이 나서일수도 있고.

이처럼 나는 동기부여 콘텐츠를 제공하는 제작자이면서 동시에 동기부여가 필요한 '당사자'이기도 하다. '나는 왜 디자이너가 되었으며, 열기에서 목소리를 내려 하는가', '나는 어떤 일을 할 때 행복하며, 내가 살고 싶은 삶은 무엇인가' 여전히 나는 열기를 통해 끊임없이 질문을 던지고 있다. 사무실도 없이 카페를 옮겨 다니며 기획회의를 했던 작년부터 책을 출판하기까지 마냥 즐겁고 행복하진 않았지만, 한 가지 확실한 건 열기에서의 나는 충분히 '나다웠다'는 것이다.

청춘들을 응원하는 데 왜 이렇게 눈물이 필요했는지, 살면서 열기를 하는 1년 동안 가장 많이 울었던 것 같다. 우리 모두 어떤 것도 쉽게 가려 하지 않았기에 콘텐츠 만드는 것부터 캠페인을 진행하기까지 수백 번 다투고 화해하는 것을 반복했고, 그만큼 감정 소모가 심했다. 어떤 성과를 위해 만든 것이 아니라 방황하는 우리를 위해, 우리와 같은 청춘들을 위해 만드는 페이지이기에 사소한 것도 거짓되게 할 수 없어 그만큼 우리는 진심으로 자기 자신을 들여다봐야 했다. 아직도 나 자신의 감정을 전부 이해할 순 없지만 사소한 것에 울고 웃고 감동받았던 2014년의 나는 가장 볼썽사나웠지만 뜨거운 그대로의 '나'였고 '우리'였다. "왜 하냐?"라는 질문에 이제 "나다워지기 위해"라고 대답하려 한다. 그리고 나뿐만 아니라 열기의 꿈처럼 대한민국 모든 이들이 주체적인 삶을 살길 바란다. 나 혼자만은 어렵겠지만 '우리'가 된다면 가능하겠지. 오늘도 열정에 기름붓기!

—박수빈

열기에 첫발을 들였을 때의 난 어느 하나 부족한 것이 없었지만, 어느 하나 특별할 것도 없는 미술대학 졸업생이었다. 놀기도, 그림 그리기도 좋아하는 이 한량은 열정만큼은 넘쳤지만 정확히 무엇을 해야 할지 몰랐다. 여느 젊은 이들이 그렇듯 대학생이라는 타이틀을 떼어내자 벌거벗겨진 채 덩그러니 사회로 내던져진 것이다. 모두가 하는 취업을 하기엔 내 안의 본능이 온 힘을 다해 거부했고, 미친 듯한 자유를 꾀하기엔 그리 무사태평하지도, 용감하지도 못했다. 그렇게 불안감이 한없이 고조되던 시기, '열정에 기름붓기'를 만났다. 조금은 이상해 보이고, 조금은 멋져 보이는 이 집단은 돈, 구체적인 꿈, 확정된 미래 중 그 무엇도 갖춘 것이 없었다. 하지만 분명한 건 가슴 두근거리는 곳이며, 누군가의 꿈을 응원하고, 나의 꿈을 함께 그릴 수 있는 곳이었다. 난 이런 막연하지만 뜨거운 두근거림으로 여기까지 달려왔던 것 같다.

'젊은이들아 하고 싶은 것을 하자'라는 큰 메시지 아래 다양한 콘텐츠와 프로섹트를 기획하고, 진행해오면서 힘들기도 했고, 아프기도 했다. 항상 새로운 어려움에 도전해야 했고, 돌파구가 없을까 봐 불안했고, 더 큰 꿈을 꾸기 위해 팀원들과 싸웠으며, 밥을 굶어야 할 때는 눈물까지 나왔다. 그러나 17만의 청춘들이 우리였고 우리야말로 그 청춘이었음을 수많은 댓글들에서, 고민들에서, 직접 만나 들었던 이야기에서 확인할 수 있었다.

지금도 달라진 건 없다. 주위는 까마득히 어둡고, 걸어가고 있는 이 길의 끝이 어떤 모습일지 알 수 없다. 하지만 이젠 가슴속 깊이 웃을 수 있고, 눈을 더욱 반짝일 수 있다. 꿈은 자신의 삶을 개척해나가는 과정에서 보이는 것임을 알기에. 끝나지 않는 터널은 없고, 밝아오지 않는 새벽은 없다는 걸 알기에.

가장 어둡고 형체를 알 수 없을지라도 이 시절, 가장 빛나리라.

힘을 내자, 우리는 생각보다 강하다! 열정에 기름붓기!

—김강은

22 International Circus Festival of Monte Carlo
Agencies

24 http://www.flickr.com/photos/swamibu

25 http://www.flickr.com/photos/toiletpaperholders

28 http://www.flickr.com/photos/restlessglobetrotter

29 http://www.flickr.com/photos/mckellars

32 http://phongduong.deviantart.com

38 http://www.flickr.com/photos/erintaylormurphy

38 http://www.flickr.com/photos/joshangehr

39 http://www.flickr.com/photos/jayneandd

40 http://www.flickr.com/photos/michaelpollak

42 http://www.flickr.com/photos/bosstweed

43 http://www.flickr.com/photos/ilackcreativity

44 http://www.flickr.com/photos/hrvatskitelekom

45 http://www.flickr.com/photos/hikingartist

46 http://www.flickr.com/photos/68751915@N05

48 http://www.flickr.com/photos/gi

49 http://www.flickr.com/photos/31878512@N06

50 http://www.flickr.com/photos/pheezy

52 http://www.flickr.com/photos/crdot

55 http://www.flickr.com/photos/alyssafilmmaker

57 http://www.flickr.com/photos/__my__photos

58 http://www.flickr.com/photos/twylo

66 http://www.flickr.com/photos/49462908@N00

72 http://mosomoso.wordpress.com

78 http://www.flickr.com/photos/anyalogic

81 Howard Schatz, http://www.aimeemullins.com

85 Hugh Herr, 〈Wired〉

87, 88 Lynn Johnson, http://www.aimeemullins.com

89 Richard corman, http://www.aimeemullins.com

90 Howard Schatz, http://www.aimeemullins.com

98 http://www.flickr.com/photos/caseydavid

100 http://www.flickr.com/photos/anxiousnut

105 http://www.flickr.com/photos/ashleycampbell
photography

108 http://www.flickr.com/photos/tuncaycoskun

116 https://www.flickr.com/photos/carbonnyc

118 http://www.flickr.com/photos/pasotraspaso

123 https://www.flickr.com/photos/55229469@N07

124 http://www.flickr.com/photos/froderik

135 http://www.flickr.com/photos/zoonabar

136 http://www.flickr.com/photos/cubmundo

140 https://www.flickr.com/photos/cmichel67

143 http://www.flickr.com/photos/marcobellucci

144 http://www.flickr.com/photos/pagedooley

145 http://www.flickr.com/photos/h-k-d

148 http://www.flickr.com/photos/maxmroz

153 http://www.flickr.com/photos/brentinoz

156 http://www.flickr.com/photos/31878512@N06

170 Mike Hewitt, Getty Images

176 http://www.flickr.com/photos/queenyuna

180 http://www.flickr.com/photos/wespeck

188 http://www.flickr.com/photos/carlmikoy

189 http://www.flickr.com/photos/23607681@N07

192 http://www.flickr.com/photos/seeminglee

196 http://www.flickr.com/photos/plindberg

206 http://www.flickr.com/photos/infomastern

209 http://www.flickr.com/photos/jenny-pics

212 http://www.flickr.com/photos/49026977@N05

212 http://www.flickr.com/photos/12859033@N00

220 http://www.flickr.com/photos/bohman

221 http://www.flickr.com/photos/miguelvirkkunen

222 http://www.flickr.com/photos/simonov

223 http://www.flickr.com/photos/99727575@N02

224 http://www.flickr.com/photos/nochi2009

225 https://www.flickr.com/photos/zachd1_618

234, 235 http://www.flickr.com/photos/marfis75

239 http://www.flickr.com/photos/eleaf

241 http://www.flickr.com/photos/56248076@N03

242 http://www.flickr.com/photos/tjt195

244 http://www.flickr.com/photos/grahamhills

244 http://www.flickr.com/photos/aaronguyleroux

247 http://www.flickr.com/photos/pictoquotes

248 http://www.flickr.com/photos/jbid-post

249 http://www.flickr.com/photos/left-hand1

251 http://www.flickr.com/photos/sigfridlundberg

254 http://www.flickr.com/photos/rupertv

255 http://www.flickr.com/photos/bevgoodwin

256 http://www.flickr.com/photos/122548243@N05

257 http://www.flickr.com/photos/pasotraspaso

265 http://www.flickr.com/photos/62337512@N00

267 http://www.flickr.com/photos/68641693@N08

269 http://www.flickr.com/photos/zionfiction

270 http://www.flickr.com/photos/waithamai1

273 http://www.flickr.com/photos/tristantech

276 http://www.flickr.com/photos/imaginecup

278 http://www.flickr.com/photos/jonathankosread

279 http://www.flickr.com/photos/sudhamshu

291 http://www.flickr.com/photos/g-ratphotos

292 http://www.flickr.com/photos/myimage

293 http://www.flickr.com/photos/e-jays

294 http://www.flickr.com/photos/kalyan

296 http://www.flickr.com/photos/127550517@N07

307, 311 영화 〈잠수종과 나비〉 중에서

316 http://www.flickr.com/photos/dbnunley

319 http://www.flickr.com/photos/bz3rk

320 http://www.flickr.com/photos/rabiem

328 http://www.flickr.com/photos/orcmid

330 http://www.flickr.com/photos/editor

331 http://www.flickr.com/photos/teegardin

339 http://www.flickr.com/photos/sirmightymac

340 http://www.flickr.com/photos/tonythemisfit

342 http://www.flickr.com/photos/13523064@N03

344 http://www.flickr.com/photos/birdwatcher63

346 http://www.flickr.com/photos/eurocrisisexplained

348 http://www.flickr.com/photosh-k-d

349 http://www.flickr.com/photos/11809827@N02

350 http://www.flickr.com/photos/likemad

356 http://www.flickr.com/photos/dkalo

360 http://www.flickr.com/photos/29523289@N06

361 http://www.flickr.com/photos/73449134@N04

367 http://www.flickr.com/photos/crossfitpaleodietfitnessclasses

369 http://www.flickr.com/photos/usnavy

370 대한체육회문화체육관광부 해외문화홍보원

열정에 기름붓기

꿈을 크게 꿔라, 깨져도 그 조각이 크다 편

지은이   이재선·표시형·김강은·박수빈
■
2015년 2월 27일 초판 1쇄 발행
2016년 8월 19일 초판 4쇄 발행
■
책임편집   안혜련
기획·편집   선완규·안혜련·홍보람·秀
기획·디자인 아틀리에
■
펴낸이   선완규
펴낸곳   천년의상상
등록   2012년 2월 14일 제300-2012-27호
주소   (03983) 서울시 마포구 동교로 45길 26 101호
전화   (02) 739-9377
팩스   (02) 739-9379
이메일   imagine1000@naver.com
블로그   blog.naver.com/imagine1000
■
ⓒ 이재선·표시형·김강은·박수빈, 2015
■
ISBN   979-11-85811-04-8 03810
■
이 도서에 인용된 도판 일부는 저작권자가 확인되는 대로 정식 동의 절차를 밟겠습니다.
이 도서의 국립중앙도서관 출판예정도서목록(CIP)은 서지정보유통지원시스템 홈페이지(http://seoji.nl.go.kr)와
국가자료공동목록시스템(http://www.nl.go.kr/kolisnet)에서 이용하실 수 있습니다.
(CIP제어번호: CIP2015003912)